Carol Marinelli

ALIANÇA DO DESEJO

Tradução
Marie Olivier

HARLEQUIN®

2017

Título original: ITALIAN BOSS, RUTHLESS REVENGE

Originalmente publicado em 2008 por Mills & Boon Modern Romance
Originalmente publicado no Brasil em Abril de 2009

Publisher: Omar de Souza
Gerente editorial: Mariana Rolier
Editora: Juliana Nóvoa
Assistente editorial: Tábata Mendes

Arte-final de capa:
Isabelle Paiva

Editoração Eletrônica:
ABREU'S SYSTEM

Impressão:
RR DONNELLEY
www.rrdonnelley.com.br

Distribuição para bancas de jornais e revistas de todo o Brasil:
Dinap Ltda. – Distribuidora Nacional de Publicações
Rua Dr. Kenkiti Shimomoto, nº 1678
CEP 06045-390 – Osasco – SP

Editora HR Ltda.
Rua da Quitanda, 86, sala 218 – Centro – 20091-005
Rio de Janeiro – RJ – Brasil
Tel.: (21) 3175-1030

Contato:
virginia.rivera@harlequinbooks.com.br

– Nunca fiz isso antes.

A boca ainda beijava seu pescoço, fazendo sua cabeça girar.

– Fez o quê?

Ela sentiu o bafo quente no pescoço e o calor do rubor espalhou-se ao confessar-lhe a verdade:

– Isso.

– O quê?

Lazzaro havia parado de beijá-la. Do alto, olhava para baixo, para o cabelo louro despenteado que, graças à hidratação, parecia molhado, como se ela tivesse acabado de sair do banho. O rosto corou, como se a água estivesse muito quente e a camisola se abrira, revelando um seio macio que ele ansiava por provar.

– Nunca fiz amor antes.

Olhos azuis de porcelana o fitavam. Aquela boca carnuda tremia, parecendo pedir mais, e ele se sentiu tentado a silenciá-la com um beijo. Que diabos estava planejando?

Querida leitora,

O notório playboy Lazzaro Ranaldi tem certeza que Caitlyn Bell esconde grandes segredos. E, para desvendá--los, ele usará todo o seu poder de sedução. A química entre os dois sempre foi forte demais para ser ignorada. Porém, Lazzaro não podia sonhar que ficar próximo de Caitlyn mexeria tanto com seu coração endurecido.

Boa leitura!
Equipe Editorial Harlequin Books

PRÓLOGO

– RANALDI CHEGOU!

Uma onda de expectativa tomou conta da recepção do luxuoso hotel. Começou com um aceno do porteiro para avisar o *concierge*, que fez um sinal às recepcionistas. Caitlyn percebeu que todos se ajeitavam, arrumando gravatas e cabelos. Uma limusine parou.

– Qual deles? – Glynn, o gerente, piscou nervoso, afastando a franja do rosto.

A resposta era, para Caitlyn, mais relevante do que Glynn poderia supor.

Como estagiária, não deveria se preocupar com *qual* dos maravilhosos gêmeos saltava do carro. Afinal, ambos eram famosos.

Lazzaro e Luca Ranaldi eram responsáveis por uma rede de luxuosos hotéis internacionais. Eles e a irmã haviam herdado a imensa fortuna do pai, falecido no ano anterior.

Impressionante? Sim.

Novidade? Não.

O vasto império aterrissara no colo dos gêmeos idênticos. Não um, mas dois protótipos perfeitos, presença regular nas colunas sociais graças à vida intensa deles. Desde a morte do pai, e do casamento da irmã, os deslumbrantes irmãos haviam se instalado em Melbourne. Dois afamados playboys, incapazes de pedir desculpas e, também, dar explicações! Se não lhe falhava a memória, somente na semana anterior Luca aparecera duas vezes nos jornais: por ter brigado em um cassino e sido pego dirigindo bêbado.

Um homem de terno escuro saltou da limusine. Caitlyn prendeu a respiração.

– Quem é esse? – suspirou.

– Não tenho certeza, Os dois são idênticos, divinos...

Caitlyn esperava que fosse Lazzaro. Não por ele ser considerado o mais poderoso, o verdadeiro líder dos dois, mas por um motivo difícil de acreditar.

Ao ver um par de sandálias de tiras, Caitlyn mordeu o lábio. O que faria se Roxanne aparecesse? E o que diriam os outros funcionários do hotel caso tomassem conhecimento da estranha verdade?

Luca namorava a prima dela.

– É Lazzaro – confirmou Glynn, antes de o homem entrar pela porta giratória.

– Como sabe? Pensei que eram idênticos...

– Lazzaro não espera ninguém... – sussurrou pelo canto da boca antes de dar um passo à frente e cumprimentar o chefe. – Nem mesmo uma linda mulher!

Ah, ela já o vira. Nos jornais, na foto da capa de uma revista de negócios recomendada por um professor... mas nada, *nada* a preparara para o impacto de ver aquele homem de mais de 1,85m tão perto, em carne e osso, demonstrando que era o dono do lugar, não apenas literalmente.

Ele transpirava confiança e arrogância, e ao caminhar para a recepção, Caitlyn notou que ele não era apenas maravilhoso, mas deslumbrante. O cabelo negro mais comprido do que nas fotos, a franja... E os olhos! Caitlyn chegou a suspirar. Cílios longos, negros como a noite, e tão perigosos quanto. Lazzaro a observou enfastiado, totalmente desinteressado, e imediatamente desviou o olhar. Contudo, para Caitlyn, a imagem ficou gravada em seu cérebro, congelada para poder examiná-la a seu bel-prazer: o nariz reto, romano, a pele lisa, morena, e aquela boca carnuda, incrivelmente suculenta.

Ao se dar conta de estar boquiaberta, desviou o olhar e fitou a acompanhante, sentada em um dos confortáveis sofás do vestíbulo, à espera de seu amo. Caitlyn não pôde evitar um sorriso irônico.

Embora não fosse Roxanne, era do mesmo estilo. A mulher, uma beleza estonteante, certamente não tinha a menor intenção de parecer *au naturelle* ao se maquilar. O cabelo escuro sedoso caía estrategicamente nos ombros tão bronzeados que davam a impressão que ela passara várias horas em sessões de bronzeamento artificial, fazendo uso regular de autobronzeador.

– Bem-vindo, senhor. – A mão esticada de Glynn foi ignorada.

– Como vão as coisas? – Lazzaro não retribuiu o cumprimento, os olhos observando a área da recepção. – Algum problema?

– Não, nenhum.

– Luca já chegou?

– Ainda não. – Discretamente, omitiu a ligação de Luca, bêbado, havia pouco, exigindo a melhor suíte livre e preparada para sua chegada.

– Como foi o casamento?

– Excelente – respondeu Glynn, entusiasmado. Mas corou ao sentir o olhar penetrante do chefe sobre ele. – Bem, aconteceu um probleminha, mas já estamos cuidando do assunto.

Lazzaro ergueu a sobrancelha escura e sem dizer uma palavra fez um gesto indicando exigir mais informações.

– O pai da noiva, o sr. Danton...

– Gus Danton é meu amigo pessoal – interrompeu-o. O inglês excelente, na voz profunda e com forte sotaque, indicava uma advertência.

Os cílios de Caitlyn piscaram, afinal, se eram tão amigos, por que não comparecera ao casamento? Nada disse, é claro, mas, ou Lazzaro era um experiente leitor de mentes ou sentira a brisa dos cílios, pois, como em resposta a seus pensamentos, permitiu-se observá-la brevemente.

– Não há suficientes noites de sábado no ano para comparecer a todo casamento para o qual sou convidado, mas considerando que o sr. Danton escolheu meu hotel, e é meu amigo, naturalmente vim tomar um drinque. Espero não ser informado de ter havido problemas.

– Bem – Glynn engoliu em seco.

– E então?

– Ele solicitou que o bar permanecesse aberto uma hora extra. Temos a maior satisfação em atendê-lo, mas o cartão de crédito dele foi recusado. Ia exatamente explicar-lhe o ocorrido.

– Traga os dados dele. – Gesticulou na direção de Caitlyn, e embora ela acessasse os dados dos hóspedes, tal *suposta* habilidade nunca fora testada em situações estressantes.

– Caitlyn é estagiária, senhor – disse o gerente, fazendo menção de dirigir-se ao computador. Um olhar frio o congelou. – Ela está estudando hotelaria e...

– E desde quando estagiários ficam até a meia-noite de um sábado? – interrompeu-o olhando do crachá até os sapatos de salto fino de camurça e, depois, subindo devagar. Examinando a saia azul-marinho barata e a blusa branca do uniforme. Sem a menor pressa, enquanto Glynn falava, nervoso, examinou-lhe o rosto, fitando os olhos azuis. Caitlyn sentiu uma reviravolta no estômago.

– Caitlyn mostrou-se ansiosa por presenciar uma noite de sábado agitada...

Céus, queria ter sido avisada. Queria ter tido tempo de correr até o banheiro e ajeitar os cabelos louros. Sentia o coque desmanchar-se diante do olhar dele. Gostaria de usar ao menos um pingo de batom.

– E ela atendia os convidados?

– Sim, mas sob supervisão, é claro.

– Ela tem atendido os hóspedes?

– Sim, mas sob supervisão, como já disse. – O que não era bem verdade. Glynn saíra para fumar inúmeras vezes, mas, obviamente, ela não comentaria.

– Se ela pode atender meus hóspedes – respondeu Lazzaro, em tom frio e autoritário –, então pode me atender.

Se ele falasse *dela* como se *ela* não estivesse presente, dir-lhe-ia umas verdades.

Quando os olhos negros recaíram nela, desistiu. Bem, talvez não *dissesse* nada, mas podia *pensar*, apesar da aparência divina, ele era um grosso, arrogante, desprezível, machista. Corando em um misto de irritação e timidez, furiosamente apertou a tecla de retorno ao cometer um erro de digitação. Depois de um tempo excessivamente longo, todos os dados de Gus Danton surgiram na tela.

Momentaneamente!

– A conta dele – exigiu Lazzaro, obviamente esperando que com alguns rápidos cliques Caitlyn fizesse surgir a página. Mas a impaciência a deixou ainda mais nervosa.

O cursor tremeu na tela quando, de repente, ele parou atrás dela, estendendo a mão para pegar o mouse, efetivamente desconsiderando seus esforços. Ela deveria ter se afastado, mas a mão dele cobriu a dela.

Talvez devido ao contato físico, ou ao nervoso, ou à combinação de ambos, *naquele* instante a esperança de uma referência positiva do Hotel Ranaldi desapareceu, quando Caitlyn clicou o mouse, não uma, mas duas vezes, como se o dedo tivesse desenvolvido um tique nervoso. Repetiu o gesto, o pânico aumentou ao deletar, diante dos olhos de Lazzaro Ranaldi, o histórico financeiro do mais importante cliente. Deveria reaparecer, pensou, apertando freneticamente a tecla de retrocesso, o suor escorrendo entre os seios, a mão dele ainda sobre a dela, a respiração dele, quente, em sua nuca, quando um comando desconhecido surgiu na tela para desmoralizá-la.

Ponha Susan para dormir.

O quê?

Ai, devia ter pressionado a tecla cancelar. Tão logo apertou o OK, lembrou-se do significado da estranha mensagem. Ela realmente não queria que o computador desligasse, *não* deveria ter feito a única coisa que Glynn lhe avisara para *nunca, jamais* fazer. Mas quando a tela ficou preta, Caitlyn sabia que Susan não apenas fora dormir, mas roncava e não despertaria, pois em algum lugar do sistema computara e registrara todos os dados do dia bem como as idas e vindas dos hóspedes.

Caitlyn nunca falava palavrões, bem, nunca na frente do chefe. Saiu sem querer. A expressão alarmada de Glynn comprovou que o palavrão sussurrado chegara a seus ouvidos.

– Está tudo bem? – perguntou nervoso.

Caitlyn ergueu o olhar para enfrentar o diabo menos terrível, mas o visível pavor de Glynn diante de sua expressão horrorizada não a consolou.

– Está tudo bem, não está? – sussurrou.

– Parece ter ocorrido um problema no sistema. – Caitlyn tentou manter a voz calma, mas a boca parecia pertencer a alguém recém-saído do dentista depois de um tratamento de canal. Os lábios tentaram formar as palavras, o dedo ainda apertando a tecla, o corpo totalmente rígido. *Deveria ter ido para casa.*

– Como assim? – retrucou Glynn, tentando alcançar a bancada. – Um problema no sistema? O que você fez, Caitlyn?

Carreira terminada antes do início, pensou amedrontada. O mau humor de Lazzaro Ranaldi era famoso entre os funcionários, e nunca desejara ser alvo dele. Preparou-se para o tom de voz cáustico e para as broncas que ressoariam por toda a luxuosa recepção quando ele expusesse, talvez com *grosseria*, sua opinião sobre suas habilidades no computador e seu despreparo para trabalhar em um hotel tão sofisticado. Ergueu a cabeça e virou-se para encará-lo.

A expressão atemorizada transformou-se em surpresa ao constatar não haver a menor hostilidade nos olhos dele. Na verdade, se não estava enganada, um sorriso brincava nos cantos dos lábios.

– Tudo bem, Glynn. – Com a mão bem-cuidada, interrompeu o gerente. – Você precisa atender os hóspedes. – Os olhos de Lazzaro pousaram em um casal apaixonado que parecia precisar de um quarto com urgência. – Como disse Caitlyn, há um probleminha no sistema, nada que eu não possa solucionar.

Havia realmente um problema no sistema?, pensou Caitlyn, olhando esperançosa o monitor piscando enquanto Glynn ia fazer o check-in do casal.

– Nada que não possa ser resolvido...

Inclinou-se sobre ela, que ficou paralisada. A mão ainda segurava o mouse, como uma garra. A garganta apertou quando a mão quente fechou-se sobre a sua, guiando-a até o pequeno marcador vermelho na parte superior e fechando o programa, algo que Caitlyn tinha absoluta certeza de que não deveria ser feito. O coração batia com força quando ele afastou a mão. Deveria se afastar, mas não o fez. Na verdade, ficou parada quando as mãos dele passaram por sua cintura e tocaram o teclado. Seu coração bateu descompassado quando ele calmamente se logou e com impressionante rapidez digitou os detalhes necessários para recuperar a informação sobre Gus Dalton.

– Por sorte temos *back-up* de tudo. – A voz baixa em sua orelha a fez suspirar aliviada, pois a crise estava superada. Seu corpo resistia ao pedido para se acalmar e a mente lhe dizia, em termos diretos, não ser hora para complacência. Cada terminação nervosa, cada célula, cada partícula de DNA vibrava, tensa, em estado de alerta. Só que não tinha nada a ver com a carreira ou com o fato de o chefe presenciar um erro terrível, mas tudo a ver com o homem inclinado sobre ela, com o cheiro dele! A inegável masculinidade causava um efeito atordoante.

– Como...? – Caitlyn piscou. – Glynn disse que quando Susan fosse dormir...

– Toda a informação diária é enviada para eu checar – ele explicou enquanto digitava. – Nada que acontece neste computador é deletado até eu dar o OK...

– Graças a Deus!

– Desde que você não esteja tentando dar um desfalque. – Parou de digitar, afastou os braços e deu um passo atrás, e Caitlyn respirou agradecida, antes de se voltar para encará-lo.

– Claro que não! – Sorriu sem jeito.

– Ou hospedando os amigos na suíte presidencial com tarifas camarada.

– Por favor! – Caitlyn riu.

– Ou fingindo checar os e-mails e copiando os dados bancários.

– Também não – Caitlyn não ria agora. Na verdade encontrava dificuldade em simular um sorriso dele.

– Ou checando o horóscopo...

Caitlyn nem tentou negar. O rosto assumiu um tom arroxeado, nada atraente, mas se tivesse tido a coragem de erguer o rosto teria visto o sorriso.

– Tudo em ordem? – Glynn estava positivamente uma pilha de nervos.

– Claro. – Lazzaro deu de ombros. – Constatei que Gus pagou 48 horas adiantadas antes da recepção...

– Ainda assim preciso avisá-lo...

– Lazzaro! – Sorrindo, falando em voz alta e com o rosto tão vermelho quanto o de Caitlyn, Gus Danton atravessou o vestíbulo. – Venha tomar um drinque!

– Era exatamente o que eu ia fazer. Correu tudo bem hoje?

– Perfeito – retrucou entusiasmado. – Nenhum inconveniente. Na verdade... – Gus voltou-se para Glynn. – Você resolveu o problema do bar, como pedi?

– Tudo resolvido – respondeu Lazzaro pelo gerente. – Você receberá uma conta detalhada na próxima semana.

– Detalhes, detalhes... – Gus abanou a mão. – Acompanhe-me, Lazzaro.

– Já vou.

Quando Gus dirigiu-se ao salão de festas, Lazzaro acenou para a linda mulher a sua espera. E embora não tivesse assoviado nem segurasse uma guia, quando ela se levantou apressada, Caitlyn só pensava em um cachorro ansioso por ser levado para passear.

Todos os membros da equipe ficaram parados, com sorrisos congelados, enquanto ele caminhava para o salão. Como um balão furado, era possível sentir a tensão diminuir quando as portas foram abertas para Lazzaro e a acompanhante entrarem. Mas justamente quando os ombros relaxaram e todos se prepararam para suspirar em uníssono, como se tivesse se lembrado de algo, ele se voltou e andou até a recepção, cravando o olhar em Caitlyn.

– Por que fiz isso? – perguntou. – Responda, pois está aqui para aprender. Tenho um negócio e sei que ele pode não ter dinheiro para pagar. Por que escolhi ignorar?

– É... – Os olhos de Caitlyn dirigiram-se a Glynn em um desesperado e inútil pedido de ajuda. Forçou-se a olhar para Lazzaro. – Porque ele é seu amigo? – arriscou. Ao ver a testa franzida, teve outra ideia. – Porque ele é um hóspede e para evitar constrangê-lo hoje à noite... – A testa franziu mais ainda enquanto ela tentava outra justificativa. – Porque ele já pagou demais...

Obviamente, estava fora de si. A mente buscava uma resposta, em vão. Preparando-se para ouvir uma bronca, entregou os pontos. E ele agiu de modo estranho e inesperado.

– Todas são ótimas razões, entretanto... – Aquela expressão inescrutável, desdenhosa, foi arrancada como uma máscara, transformando-se em um sorriso dirigido apenas a ela, e foi como sair ao sol sem proteção, estonteante, quente, cegando-a com sua intensidade, desnorteando-a. Um sorriso tornara tudo maior, mais brilhante. – Ele tem três filhas, todas solteiras; se tudo correr bem hoje, teremos mais três casamentos...

Ele não terminou. Indiferente, virou-se, foi ao encontro da namorada e, juntos, entraram no salão.

Dessa vez, pelo menos para Caitlyn, a tensão apenas começara, e não havia sombra de ar em seus pulmões para exalar.

Na recepção, vários relógios exibiam os diferentes horários no mundo – 23h50 em Melbourne, 13h50 em Londres e 8h50 em Nova York –, e Caitlyn examinou os três, gravando-os na mente. Pois, de repente, isso passou a ser relevante. Pela primeira vez na vida compreendeu o significado da expressão "o tempo parou".

Pois parara.

Às 23h50 os olhos de Caitlyn viram Lazzaro se afastar, observaram-no entrar no salão de festas e desaparecer, levando com ele um pedaço de seu jovem e sensível coração.

– MELHOR IR para casa – disse Glynn logo depois. – Não há muito mais a ser feito.

– Agora não, logo. – O rosto dela corou um pouco, sua ética profissional nada tendo a ver com ficar por perto. – Quando a recepção terminar.

– Está tudo sob controle.

– E o que vai fazer quanto a Luca? Todas as melhores acomodações foram reservadas para o casamento.

– Vai chegar tão embriagado que não vai notar se eu guardá-lo no armário das vassouras. – Glynn revirou os olhos e sorriu. – Você pensou em minha oferta para trabalhar no hotel enquanto não se forma? Várias de nossas camareiras são estudantes.

Caitlyn sacudiu a cabeça.

– Vou enviar meu CV na segunda.

– Bem, pode colocar meu nome como referência. Você tem desempenhado bem suas funções. – Entregou-lhe um *voucher* para o táxi.

– Para que isso? Não precisa!

– Não se preocupe, não fiquei bonzinho. Lazzaro insiste que o hotel pague o táxi para os funcionários que saem depois das 23 horas e, considerando que você praticamente faz parte do quadro de funcionários, ele iria ficar aborrecido se soubesse que você não recebeu o *voucher*.

– Então ele pode ser gentil, apesar de tudo que dizem?

– Infelizmente sim – suspirou Glynn. – O que significa que acabamos esquecendo seus momentos de explosão. Boa noite, Caitlyn.

Conversando com o porteiro, arrepiou-se, não de frio, mas de cansaço, enquanto esperava pelo táxi. Mas sua fadiga foi rapidamente esquecida ao ver a deslumbrante namorada de Lazzaro sair sozinha, de cara amarrada, e entrar na limusine dele.

– Brigas de namorado. – comentou Geoff quando a limusine foi tragada pela noite. – Ele deveria ter o bom senso de esperar até de manhã para despachá-la!

– Eles estão juntos há muito tempo? – Tentou parecer desinteressada, mas seu rosto queimava.

– Nunca a tinha visto antes – disse Geoff animado. – Vou ligar novamente para o motorista. Por que não espera lá dentro e eu aviso quando o táxi chegar?

E ela teria feito isso se Lazzaro Ranaldi, em pessoa, não saísse pela porta giratória.

– Ou está saindo muito tarde ou chegando incrivelmente cedo.

– Estou esperando um táxi – resmungou.

– Vai esperar um bocado.

– Já soube.

– Quer uma carona? – perguntou como qualquer pessoa *normal*. Só que ele não era uma pessoa normal, e Caitlyn teve dificuldade em formular uma resposta normal. Ficou parada quando um carro esporte prateado de centenas de mil dólares chegou e o guardador de automóveis entregou-lhe as chaves.

– Eu esperava a limusine! – ela disse em tom afetado, erguendo o nariz com ar de desprezo para o carro maravilhoso. Depois, entrou em pânico, receosa de ele não entender a brincadeira.

– Sinto muito... Vai ter que se contentar com este.

Não apenas entendera, mas a superara! Geoff abriu a porta do passageiro enquanto Lazzaro se sentava no imaculado banco de couro.

– Posso ver se arranjo um jornal para você não sujar a saia.

– Não, tudo bem. – Caitlyn deu um suspiro desconsolado e se sentou, ajeitando-se no couro macio e retribuindo o sorriso ao vê-lo digitar o endereço no GPS. De repente, o nervosismo foi esquecido. Tão logo mergulharam na noite, conversaram sobre tudo e sobre nada, incluindo a idade.

– Afinal, quantos anos você tem? – perguntou Lazzaro quando ela comentou sobre seus estudos.

– Vinte – mentiu. Depois, como ele podia examinar sua ficha, reconsiderou. – Bem, vou fazer 20 anos quinta-feira.

Ele pediria à assistente para mandar flores e reservar uma mesa. Quinta-feira parecia tão distante...

Vire à esquerda na próxima curva. O local de destino fica à direita, disse a voz calma do GPS.

– O problema com esses instrumentos – disse Lazzaro sorrindo ao desligar o motor e fitá-la – é que você não pode fingir que se perdeu e prolongar o percurso.

– Eu sei onde moro – mencionou Caitlyn, o coração palpitando ao comprovar o flerte.

– Bonito lugar. – Era uma imponente e antiga casa em uma rua muito bonita, a um passo da praia. *Ou moravam milhares de estudantes amontoados ali,* pensou Lazzaro, *ou ela ainda morava com os pais.* – Alguém ainda está acordado.

– Mamãe! – Caitlyn franziu o cenho ao ver o movimento da cortina, torcendo para a mãe já estar dormindo e, subitamente, constrangida e se sentindo com 12 anos de idade. – Ou meu avô.

Só que isso não o incomodou nem um pouco, na verdade, isso era algo novo. Lazzaro estava acostumado, até demais! – com mulheres sofisticadas convidando-o a subir e já se deitando!

– Então é melhor entrar.

Percebeu a decepção em seu rosto, e embora quisesse mais do que um beijo, Lazzaro sabia como despertar o desejo em uma mulher.

Meu Deus, ela era maravilhosa!, pensou ao vê-la caminhar pela calçada.

A porta da casa se abriu antes de ela chegar.

Acabaria com seu desespero e telefonaria para ela na segunda-feira, pensou sorridente, mexendo-se desconfortável no assento.

Depois que tivesse resolvido o assunto, Luca ligaria.

Luca.

O rosto endureceu ao pensar no irmão gêmeo, temia a tarefa; na verdade temia um bocado a tarefa a sua frente.

Segunda-feira pareceu incrivelmente perto.

CAPÍTULO 1

– VOCÊ o mordeu. – Os olhos negros a olharam com raiva quando ela parou à mesa. Definitivamente, uma discussão entre os empregados não constava de sua lista de ocorrências.

– Eu não o mordi – retrucou Caitlyn. Lazzaro não esperava a negativa, levando-se em conta as evidências. Mas sua irritação e indignação revelaram que aquele problema de última hora, que fora parar em sua mesa às 17h de uma sexta-feira infernal, era na verdade um caso sério. Jenna, sua assistente pessoal, pedira demissão, choramingando, na quarta-feira, e a assistente *dela* ausentara-se por causa de uma gripe responsável pela ausência de metade de seu quadro administrativo, o que significava que hoje Lazzaro precisava cuidar do que normalmente delegava. Mas talvez fosse melhor lidar com esse quadro em particular. Parecia que, deu uma olhada no arquivo em cima da mesa, Caitlyn Bell tinha uma versão da história que ele precisava ouvir.

Mesmo não querendo.

Olhos azuis de porcelana aprisionaram os dele, olhos de certa forma familiares... olhos tão azuis quanto os de Roxanne.

De onde surgira esse pensamento?

Ela não parecia em nada com Roxanne.

Caitlyn era tão loura quanto Roxanne era morena, magra, não curvilínea, mas aqueles olhos... Engoliu em seco a única evidência de seu tormento interno. Estava zangado por ainda se abalar com as lembranças, com a dor, nas horas mais inesperadas.

– Eu não cravei meus dentes nele.

Lazzaro voltou a se concentrar, agradecido por poder escapar dos próprios pensamentos. Foi difícil não rir com a descrição dela e bem difícil *não* compará-la à de Malvolio, que havia urrado, com a mão enrolada em um lenço, como se estivesse prestes a cair. Ele não sabia o que esperar quando a convocara ao escritório. Normalmente, não lidava com as funcionárias do hotel e, quando o fazia, elas normalmente tremiam nas bases. Mas não era o caso.

Ela declinara de sua oferta para que se sentasse, e parada diante de sua mesa demonstrava nervosismo, mas força. O cabelo comprido louro, normalmente arrumado e preso, soltara-se depois do *incidente*. Cruzara os braços no peito; os olhos azuis vidrados na tentativa de não chorar. Fungava, no esforço de não verter lágrimas e, de alguma forma, embora claramente abalada, também demonstrava incrível controle. A boca, um botão de rosas, comprimida e desafiante.

– Preciso de mais informações.

– Realmente não compreendo o motivo de toda essa confusão.

– Um dos membros de minha equipe foi mordido por outro.

– Não um membro qualquer de sua equipe...

Desta vez manteve a expressão contida quando ela o interrompeu e, embora poucos o ousassem, desconsiderou o fato. Ela foi direto ao ponto.

– Malvolio é seu cunhado.

Ele acenou, tenso, um gesto na verdade respeitoso, reconhecendo o que ela tinha a dizer e rapidamente desconsiderando-o.

– Isso em nada interfere no assunto. Quero os fatos.

– Como Malvolio disse, discutíamos uma promoção, ele tropeçou e em um reflexo automático estendeu as mãos para se proteger.

– Caitlyn.

Era normal Lazzaro interromper, mas pouco habitual alguém o superar. Alguém cuja voz aumentava de volume ao falar com ele.

– E em um reflexo automático eu o mordi. – Ela deu um sorriso tenso. – Ou melhor, eu dei uma pequena mordida.

– Quero a verdade.

– Acabou de tê-la.

– Caitlyn, você é uma de minhas funcionárias...

– Não mais. – Ela sacudiu a cabeça. – Acabei de pedir demissão.

– Não. – Viu o brilho de lágrimas naqueles estonteantes olhos azuis e amaldiçoou Malvolio por isso. – Você não precisa abandonar o emprego por causa disso...

– Eu ia sair mesmo. Por esse motivo estava discutindo com Malvolio. Tenho uma entrevista na próxima semana; na verdade, uma segunda entrevista para o cargo de relações públicas na cadeia de hotéis Mancini.

– Relações públicas? – Lazzaro franziu a testa. Alberto Mancini era seu amigo e concorrente. Ambos donos de hotéis espalhados pelo mundo, ambos com sólida reputação e ambos exigentes quanto a seu pessoal, e uma camareira, independentemente de sua boa apresentação, não seria considerada para o cargo de relações públicas. – Você é camareira. Como conseguiu a entrevista?

– Só estava trabalhando como camareira enquanto estuda.

– Estudava?

– Hotelaria e turismo...

Ele mal ouvia, a reação, quando a viu, agora fazia sentido. Já a conhecia. Ela estava na recepção, engraçado ele se lembrar, mas se lembrava, no dia do casamento da filha de Danton...

– Você fez estágio aqui? – perguntou Lazzaro. – Há uns dois anos?

– Isso mesmo. – Caitlyn piscou, surpresa por ele se lembrar. *Do que* ele se lembraria? – Por poucos dias. Na época preenchi uma ficha de emprego e passei a trabalhar como camareira durante o curso.

Ele passou a mão na testa e a desceu pelo rosto, tocando por um segundo apenas a cicatriz. Pela segunda vez, em poucos momentos, descobriu outra explicação lógica para a razão de ter guardado na memória o rosto daquela mulher.

Antes.

Um fim de semana antes de tudo acontecer.

No fim de semana anterior, quando a vida parecia tão mais simples.

Quando as risadas afloravam com facilidade.

Ele beijara milhares de mulheres, das quais nem recordava. Engraçado se lembrar exatamente da que não beijara.

– Por que não tentou obter o cargo aqui, levando-se em conta sua experiência neste hotel?

A pergunta era perfeitamente racional e tanto sua família quanto os colegas de trabalho já a haviam feito, mas ela simplesmente não podia responder, principalmente não para ele.

Como confessar que há mais de dois anos ele ocupava seus pensamentos? Que a enorme atração que a entontecera naquela noite, apesar da vida agitada, de sair para dançar, se divertir e namorar, ainda não desaparecera?

Como dizer que precisava ter uma vida longe de Lazzaro Ranaldi e parar de ficar sonhando com ele?

Talvez, se o irmão dele não tivesse falecido... Se não tivesse começado a trabalhar como camareira... Se ele não estivesse, de algum modo, ligado a Roxanne... Se não aparecesse em todo jornal e toda revista que ela lia... Então quem sabe?, após o encontro inicial, ela poderia ter superado sua atração por ele, esquecido a sensação daqueles olhos fixados nela, o frio no estômago sempre que aquele rosto rude se suavizava com um raro sorriso! Só que dias depois daquele encontro ela vira a dor nos traços daquele rosto nos jornais, lera as fofocas obscenas que se seguiram e sobre a briga entre irmãos que precedera a súbita e trágica morte de Luca Ranaldi. Trabalhando no hotel, prendia a respiração sempre que o vislumbrava, corava, trajando seu uniforme de funcionária. Naturalmente, ele não se dignava a sequer olhá-la. Embora Caitlyn olhasse aquele rosto perfeito, marcado, desde aquele fatídico dia, com uma enorme cicatriz no rosto, as rugas ao redor dos olhos negros e a boca cerrada. Percebia a tensão nos ombros e desejava vê-lo voltar a sorrir.

Exatamente como fizera uma vez.

Não falara com ele desde aquela noite, nenhuma vez. E graças a isso, se deu conta, apesar de mais de dois anos passados, ele ainda a tocava. Apesar da feia cicatriz no rosto, apesar da expressão fechada, muito mais severa, apesar da dor em seus olhos, ele continuava absolutamente lindo.

– Preciso de mudança... – respondeu Caitlyn com sinceridade, pois realmente sentia necessidade. Precisava ir para um local em que o nome dele não aparecesse em cada folha de papel, precisava verificar seu contracheque e não ver o sobrenome "Ranaldi". Precisava esquecê-lo... para sempre.

– Não encontrará nenhum lugar melhor do que aqui.

– Provavelmente você tem razão... – O rosto de Caitlyn contorceu-se ligeiramente diante da ironia da afirmação. – Mas realmente acredito ser hora de mudar. Portanto, como pode constatar, o que aconteceu hoje não importa. Eu ia embora de qualquer jeito.

– *Importa* sim, Caitlyn. Você trabalhou neste hotel por dois anos e um mês. – Ele engoliu em seco, os olhos se estreitaram e desviou o olhar da ficha dela, como se tivesse obtido a informação dali. Só que não era verdade, a data havia sido indelevelmente registrada em sua mente, mas ela não precisava saber o motivo.

Não tinha nada a ver com ela.

– Você tem os mesmos direitos de qualquer outro funcionário. Só porque Malvolio faz parte da família...

– Ouvi dizer que sua irmã vai ter um bebê... – Ela tirou um lenço de papel amassado do bolso e assoou o nariz com força.

– E daí? – Lazzaro manteve a voz serena, o rosto impassível, mas precisou evitar tamborilar os dedos na escrivaninha. Na verdade, precisou se lembrar de continuar fitando-lhe os olhos enquanto ela verbalizava os pensamentos dele. Como Antonia lidaria com a situação? Ela acabara de ajeitar a vida depois da morte de Luca e o parto deveria ocorrer em poucos dias. Além do mais, havia sua sobrinha, Marianna, de apenas quatro anos... Que diabos passava pela *cabeça* de Malvolio?

– Daí... – Caitlyn engoliu em seco. – Olha, estou bem, sério. Não quero confusão. Só quero pegar minhas coisas e ir embora.

E embora fosse a última coisa que ela desejava depois dos acontecimentos do dia, tudo que *ele* queria era dar a volta na mesa e abraçar aquela mulher que entrara em sua sala, a seu pedido, e estava prestes a desaparecer. Sim, tecnicamente, seria muito mais fácil deixá-la ir embora. Mas seria um erro, um enorme erro.

– Caitlyn, vamos conversar a respeito do que aconteceu. Podemos resolver a situação. Você não precisa ir embora.

– Eu acho que sim – ela argumentou. – Como disse, tenho uma entrevista com Mancini... Posso me virar até lá. Embora... – A voz sumiu, sacudindo a cabeça diante da impossibilidade de explicar os problemas que vinha enfrentando.

– O quê?

– É complicado.

– Provavelmente, não para mim.

Ela conseguiu dar um sorriso triste, percebendo não ter outra opção a não ser revelar seu problema.

– Tenho feito várias horas extras durante os últimos dois meses. Um *montão* – ela reiterou.

– Garanto que serão pagas.

– É que... – Caitlyn respirou fundo. – Estou pedindo um empréstimo para a compra de um imóvel e preciso do contracheque dos últimos três meses como comprovante de renda. – Mexeu no tapete com o pé. – Eu disse ao banco que era meu salário.

– Sem as horas extras? Mas isto não aparece no contracheque?

Caitlyn ficou ruborizada.

– Então você mentiu para o banco?

– Não foi bem uma mentira. Malvolio disse...

Ele franziu o cenho e ela percebeu que ele devia estar supondo que havia algo mais que um simples relacionamento profissional entre os dois.

Na verdade não havia. Ela pedira e ele concordara, simples assim.

– Ah, não importa. – Caitlyn deu de ombros. – De qualquer maneira, precisaria de três contracheques.

– Então fique.

– Não quero. – Manteve-se firme. – Melhor não pedir uma carta de referência a Malvolio. Ele é o responsável pela administração, portanto seria a pessoa indicada, mas...

– Pode usar meu nome. Garanto ter muito mais influência com Mancini do que Malvolio, e me certificarei de que seja bastante favorável.

– Como? – Caitlyn franziu a testa. – Como pode escrever uma carta de recomendação quando nada sabe a meu respeito?

– Acho que sei. – Ele a fitou. Pequena, mas forte, e, diferentemente de seu cunhado, o pai do bebê, essa estranha se importava com a mulher grávida do filho de Malvolio.

– Vou cuidar da papelada e pedir que acertem as contas na segunda-feira. Assim, caso mude de ideia no fim de semana...

– Poderia cuidar de tudo agora, por favor? – Ela não o encarou. Olhou para a linha do horizonte da cidade de Melbourne, por cima do ombro dele. – Não mudarei de ideia.

– Pense melhor.

– Gostaria que assinasse minha rescisão agora.

Dessa vez ela não pediu por favor.

Dessa vez ele soube ser impossível persuadi-la.

– ONDE ESTÁ Malvolio?

Atravessando apressadamente os corredores da administração, Lazzaro pegou todos de surpresa. As funcionárias, já com as bolsas nos ombros, preparadas para sair um pouco mais cedo, voltaram a se sentar e começaram a digitar diante de telas vazias. As risadas vindas da sala de reuniões, evidenciando a *happy hour* patrocinada por Lazzaro, que deveria começar às 17h, mas na verdade parecia ter começado por volta do horário de almoço, cessaram como se tivessem desligado o cabo de energia quando ele entrou no território desconhecido. Sua suíte ficava no último andar e ele tinha um elevador particular, e nunca se preocupava com as engrenagens bem-azeitadas da administração.

Mas às 17h de uma sexta-feira as rodas da engrenagem paravam de funcionar.

– Ele já foi. – Audrey, assistente de Malvolio, deu um sorriso ansioso. – Ele precisou sair às pressas, pois Antonia telefonou com cólica.

– Antonia está em trabalho de parto?

– Não tenho certeza. Mas o pessoal ficou bastante animado, como pode constatar...

Não havia a menor chance de providenciar a rescisão, muito menos o cheque.

Cuidaria de tudo na segunda-feira.

Naquele exato momento, a irmã poderia estar em trabalho de parto.

E o cunhado ao lado da mulher.

O mesmo cunhado que forçara Caitlyn Bell a pedir demissão.

CAPÍTULO 2

Droga!

Andando de um lado para o outro na enorme sala, Caitlyn parou para assoar novamente o nariz e remexeu na bolsa procurando o pó compacto, passando-o no rosto avermelhado, dizendo a si mesma para se controlar por mais algum tempo.

Com certeza, conseguiria outro emprego, mas também precisava daqueles três malditos contracheques caso a decisão do tribunal condenasse sua mãe.

Isso não iria acontecer, consolou-se. O advogado garantira estar tudo sob controle. Um gemido de horror escapou-lhe dos lábios ao pensar na conta do advogado em cima da mesa de jantar. Uma conta que precisava ser paga para ele dar prosseguimento ao processo. Que diabos ela faria?

Mentira a Lazzaro sobre a segunda entrevista na cadeia de hotéis Mancini, não tivera nem a primeira! A solicitação de emprego ainda pela metade no computador. Na verdade, mentira sobre tudo.

Não houvera discussão sobre uma possível promoção. Malvolio apenas se comportara do mesmo jeito dissoluto. Entrara na sala de café e a encontrara sentada durante a folga, ocupada com os próprios afazeres, e novamente a convidara para um drinque depois do expediente.

Mais uma vez, ela recusara.

– Tem um negócio em seu cabelo. – Ele se aproximou, parou atrás dela, e como se tivesse sido tocada por uma cobra, ela recuou quando a mão tocou-lhe o cabelo. Fechara com força os olhos quando ele retirou algo que certamente não estava ali, rezando para o terrível momento terminar, só que o horror apenas começara. A cobra se preparava para o bote.

– Pare de me provocar. – As mãos nojentas desceram; ela sentiu a respiração forte e ofegante dele.

– Não o estou provocando. – A cabeça dela girava. Chegara o momento do temido confronto. Não podia mais se iludir, acreditando estar imaginando coisas. – *Malvolio, você é casado.*

A mão desceu um pouco mais.

– *Antonia anda tão envolvida consigo mesma e com o bebê. Eu e você podíamos nos entender tão bem...*

Permaneceu paralisada vendo os dedos esgueirando-se para dentro de seu vestido, e seu cérebro, literalmente, congelou. A sensação era a de estar presa em um pesadelo, no qual não se pode gritar. Sabia que se não agisse ele chegaria à conclusão de que ela consentia. Se não podia falar, não podia gritar, só tinha duas opções: vomitar ou morder.

Escolheu a última opção!

Ainda podia ouvir os gritos raivosos dele, a torrente de palavras vis despejadas quando ele recuou e ela, como uma criança, tapou os ouvidos. Ela não queria voltar lá.

Como ele podia achar que ela o provocara?, pensou ao parar de andar de um lado para o outro. Fizera o possível para evitá-lo, embora sentisse aquele olhar cobiçoso, indesejável, há meses. Cerrou os olhos, apavorada. A perspectiva de voltar para casa e dizer à mãe que não tinha mais emprego... Bem, o salário de camareira não fazia grande diferença, mas ajudava.

Mãe solteira, Helen Bell lutara não apenas para sustentar a filha, mas também o pai. Quando a mãe morrera, dois anos após o nascimento de Caitlyn, preocupada com o declínio de saúde e os graves problemas financeiros do pai, voltou para casa, trabalhando em vários empregos para pagar o financiamento da casa e as contas. Gradualmente, quitou todos os débitos do pai. Apesar da luta, era um lar feliz, e o avô de Caitlyn adorava cuidar da neta enquanto a filha trabalhava. Nos últimos anos, sua saúde piorara, e tanto Helen quanto Caitlyn cuidaram dele até o fim.

A irmã de Helen, Cheryl, raramente aparecia, até o funeral. Obviamente, a casa que dera um duro danado para manter e quitar foi deixada como herança para Helen. Mas Cheryl mandara avaliá-la, o subúrbio na beira da praia valorizara bastante, e queria não apenas a generosa soma deixada para ela no testamento, mas metade do valor da casa. Encorajada por Roxanne e por um advogado ganancioso, fazia de tudo para obter o desejado.

– Malditas Roxanne e tia Cheryl. Por que não podiam deixá-las em paz?

A campainha do telefone interrompeu seus passos por menos de um segundo. Com a mente absorta nos próprios problemas, nem olhou o aparelho.

Precisava trabalhar, mas ali seria impossível. Lazzaro não demitiria o cunhado. Seria a palavra dela contra a dele. E a coitada da mulher de Malvolio?

O telefone voltou a tocar. Irritada, incapaz de ignorar o barulho, Caitlyn atendeu.

– Escritório de Lazzaro Ranaldi. Caitlyn Bell falando.

Não se deu conta da chegada de Lazzaro, sob o efeito da voz feminina exasperada a exigir que o chamasse.

– Sinto muito, o sr. Ranaldi não está na sala no momento. Caso queira deixar seu nome, aviso tão logo ele retorne.

Ao girar o corpo, o viu e cogitou em lhe passar o telefone, mas o instinto falou mais alto. A frustração na voz da mulher a alertou que talvez Lazzaro ficasse feliz em não atender. Pegou uma caneta e anotou o nome: *Lucy*.

Conseguiu até sorrir quando ele fez uma careta e sacudiu a cabeça enquanto Lucy despejava sua ira.

– Claro – disse educadamente. – Passarei o recado. – Desligando, voltou-se para seu futuro ex-chefe. – Você é um filho da mãe!

– Obrigado pelo recado.

– E ela disse que sabia que você estava aqui e se recusava a falar com ela.

– Mais alguma coisa?

– Só isso – mentiu. Bem, não ia dizer que "só porque ele é fantástico na cama, isso bastaria para ela esquecer o modo como a tratou", embora lhe desse uma versão editada da chorosa conclusão. – Ela gostaria que você ligasse para ela, a qualquer hora – enfatizou Caitlyn. – A qualquer hora, mesmo! – Reparando nas mãos vazias, ergueu as sobrancelhas. – Onde estão os formulários?

– Em um arquivo. – Deu um sorriso de desculpas. – Só não sei qual, mas preencho o cheque agora mesmo.

– Um cheque não vai adiantar muito a esta hora de sexta-feira. – Não queria ficar ali nem mais um segundo. Mais um e começaria a chorar; outro, e desabaria. A fachada corajosa começava a desmoronar. Pendurou a bolsa no ombro e dirigiu-se à porta. – Mande tudo pelo correio na segunda-feira.

– Caitlyn. – A voz forte chamou-a de volta, mas ela continuou andando. – Ouça um momento. E se eu lhe oferecesse um emprego como minha assistente pessoal?

Isso, sim, era suficiente para interromper-lhe os passos, apenas não o bastante para fazê-la se voltar.

– Eu?

A mão ficou parada no ar, a caminho da maçaneta. Lazzaro prosseguiu:

– Preciso de alguém. Você não faz ideia das péssimas candidatas enviadas pela agência. Você demonstrou eficiência ao atender o telefonema, é bem-qualificada e, obviamente... – tossiu, constrangido – discreta.

– Não posso.

As palavras saíram por puro instinto – o emprego de seus sonhos, tudo que desejara, e o dinheiro, oh!, céus, o dinheiro faria uma *tremenda* diferença. Só que não poderia aceitar, simplesmente não poderia. E lamentava profundamente.

– Não posso voltar a encarar Malvolio. – Apesar da voz trêmula, não se voltou. A mão na maçaneta servia de apoio. Não pretendia abri-la. A terrível experiência do dia finalmente a atingia, os sentimentos negados, guardados para quando estivesse a sós, agora lhe afetavam o cérebro. – Acho que não poderia...

O silêncio invadiu o ar. Mas não um silêncio pacífico. Era o horrível silêncio de um soluço estrangulado, do baque da realidade, daquele momento quando tudo faz sentido e não há nada a ser feito para apagar o passado, quando é impossível continuar sorrindo como uma tola, quando não se pode fingir não ligar para o fato de que mãos nojentas a tocaram. Em breve, sem dúvida, esqueceria; em breve, colocaria, provavelmente, tudo sob nova perspectiva e proporção. Em breve, não importaria tanto.

Mas no momento importava.

E a Lazzaro também.

Vendo aquela mulher orgulhosa e forte fraquejar, descobriu importar-se o bastante para sair da escrivaninha e literalmente desgrudar o corpo trêmulo da porta, virá-la para fitá-lo e segurá-la.

Como se a resgatasse na beira do penhasco, tentou aquecê-la com seu calor.

– Eu o odeio... – Não falava com Lazzaro; ele compreendia.

– Eu sei.

– Vou ficar bem. – Engoliu em seco. Ficaria, sim, convenceu-se. Sentia-se constrangida por chorar na frente dele, mas ele a puxou quando tentou se afastar e, após um segundo de protesto, ela permitiu que ele a confortasse, abraçasse, amenizando o horror lentamente, a respiração desacelerando ao ouvir o som confortante do coração dele.

Para Lazzaro só havia um fim inevitável ao apertar uma mulher nos braços. O privilégio de possuir uma cobertura como escritório significava existir uma cama atrás da outra porta e quando ele olhou os lábios inchados pelo trincar dos dentes e pelas lágrimas salgadas, o instinto ordenou-lhe beijá-la, para acalmá-la, do modo como melhor sabia acalmar as mulheres. Mas um instinto lá no fundo prevaleceu.

A moralidade, normalmente evitada, falou mais alto. Definitivamente, ela não precisava de um beijo dele naquele momento.

Engano seu: precisava, sim.

Ela tinha a sensação de ter sonhado a vida inteira em se aninhar em seus braços, mas descobriu que os sonhos não chegavam aos pés da realidade. Ser abraçada por ele era uma emoção tão intensa, o aperto dos braços tão forte e seguro... Ela percebeu o desejo dele e na verdade desejou que a beijasse, que as mãos dele apagassem as marcas nojentas deixadas por Malvolio.

Mas ele não a beijou. Em vez disso, apertou-a um pouco mais contra o corpo, e ela começou a assimilar tudo que ocorrera e organizar os pensamentos. Quando finalmente ele a soltou, quando finalmente ela conseguiu se manter de pé sozinha, o mundo era, definitivamente, um lugar melhor que o de há poucos minutos.

– Malvolio é responsável pelo pessoal da limpeza. Raramente vem ao meu escritório e eu raramente vou ao dele.

O emprego envolveria muitas viagens... – A voz baixa e o olhar direto deixavam evidente não ter mudado de ideia.

– Mesmo assim... – ela protestou. – Eu seria forçada a vê-lo de vez em quando. – Ela voltou a sacudir a cabeça, mas já não tinha tanta certeza. Lazzaro acreditara nela. E ele resolveria a situação.

Tal pensamento foi confirmado tão logo Lazzaro recomeçou a falar.

– Ele não mais a incomodará. Vou conversar com ele e deixar isso bem claro. Você não precisa ir embora.

– Eu não tenho experiência. – Ofereciam-lhe o emprego do sonho de qualquer pessoa, uma chance que, normalmente, demoraria anos para obter, e apesar de ser tolice demonstrar que não era a pessoa adequada para ocupar cargo tão importante, não tinha escolha.

– Então você não adquiriu vícios. – Pela primeira vez ela o viu sorrir. Ele apontou para a mesa. – Sente-se.

A formalidade era bem-vinda.

Ela lidava bem com a formalidade.

Então prestou atenção às explicações sobre o novo cargo, à descrição das viagens internacionais e hotéis luxuosos que passariam a fazer parte de sua existência, ao salário que a deixou de olhos arregalados e à possibilidade de uma vida, como Lazzaro deixou claro, que teria que ser deixada de lado para poder desempenhar a contento suas novas funções.

– Meu tempo vale ouro – disse Lazzaro, e ela concordou. – Tome hoje como exemplo. Eu não deveria perder tempo indo à administração para pegar formulários, nem você.

Portanto, você terá uma assistente. Minha ex-assistente tem uma lista de nomes, em algum lugar, de pessoas que eu atendo sem que ela precise me consultar, de pessoas que você precisa verificar se posso atender e de outras, como Lucy, com as quais você terá que lidar. – Ele deu um sorriso tenso. – Por vezes, seu trabalho será servil e, outras, monótono. Como ficar sentada no carro a minha espera. Outras vezes, o estresse e as exigências serão intensas. Pela manhã discutiremos a agenda, e a cada semana planejaremos meus compromissos. Por exemplo, em duas semanas, viajaremos para Roma.

– Não falo italiano.

– Sorte sua, praticamente todos meus funcionários em Roma falam inglês fluentemente. Mesmo assim, se decidir permanecer no cargo, seria bom aprender.

Se decidir permanecer! Quem seria louco de recusar emprego tão fantástico?

Lazzaro deve ter percebido a descrença flamejando nos olhos dela.

– Nenhuma permaneceu no cargo por mais de um ano. Contratarei você por esse período. Ao se aproximar o fim do contrato, discutiremos seu futuro. É um cargo extremamente estressante. E, sim, sou um chefe extremamente exigente. Meu grau de exigência é alto, você terá excesso de trabalho e, em determinado ponto, sem dúvida, chegará à conclusão de que não há dinheiro no mundo que pague tanto sacrifício.

– Foi esse o motivo de Jenna ter pedido demissão? – perguntou ela, pois ouvira dizer que se deve perguntar os motivos de um cargo estar disponível. Entretanto, ao ouvir a resposta de Lazzaro, achou que não devia ter perguntado.

– Jenna fez algumas exigências que eu não estava disposto a aceitar.

Como monogamia?, sentiu-se tentada a perguntar, mas felizmente conseguiu se calar. O caso entre eles era de seu conhecimento. Afinal, era ela, Caitlyn, quem trocava os lençóis.

– Em determinado ponto – continuou Lazzaro –, você vai querer ter sua vida, e aceito isso. Entretanto, trabalhar comigo por um tempo abrirá muitas portas para você.

– Só não entendo o motivo de ter me escolhido, pois um cargo tão importante... – Sua boca de repente ficou ressecada; consciente de sua roupa de camareira. – Naturalmente, agradeço a oportunidade, só não entendo por quê. Caso se sinta culpado pelo que aconteceu com Malvolio...

Interrompeu-a.

– Depois de várias entrevistas infrutíferas, perdi uma hora hoje tentando explicar a uma agência de empregos as qualidades que busco em uma assistente. Na próxima semana serei obrigado a me defrontar com um desfile do que eles consideram candidatas adequadas. Não preciso de alguém que fale fluentemente italiano. Não preciso de alguém que tenha no CV "excelentes habilidades interpessoais" mas, na realidade, não saiba como lidar com o imprevisto. Quero uma pessoa que, sem que eu precise dizer nada, anote o nome de alguém que tenha telefonado e adivinhe que eu não desejo atender. – Os olhos estreitaram-se pensativos fitando-a. – Acho que, às vezes, percebemos quando encontramos a pessoa certa.

– É! – Corou, mordendo o lábio superior, desejando que ele estivesse mencionando algo que não dizia respeito à entrevista.

– E – continuou Lazzaro – quero alguém honesta.

– Eu *sou* honesta. – Caitlyn adiantou.

– Menos com o banco. – Ele sorriu. – Olha, não estou pedindo que assine um contrato pelo resto da vida. Compreendo que o cargo é exaustivo, exaustivo demais para exigir longevidade. Mas a maioria das pessoas entrevistadas usa o cargo como trampolim: elas estão dispostas a dar duro por alguns meses antes de as portas se abrirem. Quero alguém preparada para trabalhar duro, ponto-final. Então, quando pensar em pedir demissão, e vai pensar, quero que me diga.

– Prometo – ela concordou, não parecendo sinceramente convencida. Aliás, não estava convencida de um dia pedir as contas. Ainda assim, talvez esse fosse o jeito de lidar com ele, decidiu, pensando nas vantagens. Talvez presenciar essa natureza explosiva legendária ao vivo pudesse desfazer o sentimento que alimentava por ele.

– Você tem namorado?

– Desculpe? Não acho que isso seja relevante.

– Mas é – concluiu ele. – Ele precisará ser um homem muito paciente para aceitar a distância, pois, se aceitar o emprego, a partir de segunda-feira, eu sou a prioridade.

– Bem, não tenho namorado. – Caitlyn fungou. – Terminamos há pouco.

– Excelente! Há quanto tempo estavam juntos?

– Por quê? Está achando que vou ficar chorando pelos cantos em vez de me concentrar em você?

– Pura curiosidade. – Lazzaro deu de ombros. – Considerando que vamos trabalhar muito próximos, precisaremos conhecer a vida um do outro.

Difícil! Caitlyn engoliu o comentário. Não podia se imaginar pedindo a Lazzaro para passar o guardanapo enquanto mordia uma barra de chocolate e revelava o motivo de ela e Dominic terem terminado... Fechou os olhos e encolheu-se de medo. Das coisas que *não* fazia. Porque aos 22 anos ainda era virgem!

– Roxas! – disse ela, sorrindo constrangida diante do olhar curioso dele. – Estou usando calcinhas roxas, antes que me pergunte, e ficamos juntos seis meses. Ele terminou, mas eu estava pensando em deixá-lo. Isso basta?

– Por enquanto... – Ele deu um sorriso indolente e a fitou por longo tempo, sem nada dizer. Para Caitlyn, foi um martírio esperar o que ela sabia ser uma avaliação. – Você é bem... – Ele fez uma pausa antes de revelar sua conclusão. – ...diferente.

– Sou mesmo.

– Muito interessante.

– E sou muito dedicada!

– Gosto de gente assim – Lazzaro sorriu, e ela quase caiu da cadeira, ao ser observada daquele jeito. – Bem, estou ansioso por trabalhar com você. É só isso.

– Ainda não. – Caitlyn viu o olhar surpreso e respirou fundo antes de falar: – Em geral, no fim de uma entrevista, o entrevistador pergunta se há alguma dúvida ou perguntas que a entrevistada queira fazer.

– Você tem?

– Na verdade, sim. – Hesitou por um segundo. Ouvia o diabinho sentado em seu ombro e decidiu ir em frente. Mas não havia motivo, motivo algum, para aceitar o emprego, se algo não ficassem bem claro desde o início. Ouvira dizer que Lazzaro era um chefe exigente e difícil, sem controle, expondo tudo que lhe vinha à cabeça, por vezes em altos brados. Aceitaria, desde que ele a aceitasse. – Soube que você diz o que pensa. – Os olhos azuis fixaram-se nos deles. – Eu também.

– Já tinha deduzido. Entretanto, dispenso bate-bocas com minha assistente pessoal.

– Não haverá bate-bocas. – Caitlyn sorriu. – Sou muito profissional. Mas, antes de me oferecer o cargo, deve saber que eu tenho língua e a uso se julgo estar sendo tratada grosseiramente, independentemente do salário. A boa educação não custa nada.

Embora Lazzaro não tenha movido um músculo da face, esboçou um sorriso. Ouvir Caitlyn era diferente, reconfortante, quase como se *ele* estivesse sendo entrevistado para o emprego.

– Então devo prestar atenção ao que digo.

– Não – corrigiu-o. – Só não espere que eu me esconda atrás de um vaso de plantas até seu mau humor passar.

– Não tenho vasos de plantas.

Ele a olhou pensativo por um instante, mas para Caitlyn o olhar durou uma eternidade. Teria ela estragado tudo?

Poderia dar adeus ao emprego de seus sonhos? De repente, ele sorriu, não um sorriso largo, generoso e sim um leve erguer dos lábios, mas para ela foi maravilhoso.

– Vejo você na segunda-feira, às 7h30. Você vai precisar de roupas adequadas. Providenciarei para você.

– *Tenho* roupas adequadas – interrompeu-o. – Não costumo sair por aí vestida assim.

– Como preferir. – Lazzaro deu de ombros. – Mas espero que sejam elegantes.

– Pode ficar tranquilo.

– Quero dizer *realmente* elegantes – reagiu Lazzaro. Parou de falar quando o telefone tocou.

– Permita-me. – Caitlyn sorriu, revirando os olhos quando uma voz imponente pronunciou o nome de seu novo chefe.

– *Bonita* – disse Caitlyn em silêncio, movendo os lábios e esperando que ele sacudisse negativamente a cabeça. Lamentavelmente, isso não ocorreu.

Atendeu o telefone, a voz surpreendentemente gentil e íntima ao cumprimentá-la e perguntar se ela se importaria em aguardar um instante.

– Você me representa… – continuou Lazzaro, mas parecia distraído, obviamente louco para encerrar a reunião e conversar com a pessoa ao telefone. – Meus hotéis são os melhores do mundo. Terninho e malas baratas não... – Viu um tom rosado tingir-lhe as bochechas e anotou o nome de várias lojas das quais era cliente. – Isso não é um favor; faz parte de suas obrigações se deseja o emprego.

– Obrig... – Interrompeu o agradecimento. – Claro.

Mas ele já não escutava ao se despedir, e antes mesmo de sair, ouviu-o ao telefone.

Embora Lazzaro ouvisse Bonita, por um momento pensou em Caitlyn.

Ao vê-la sair da sala, sabia ter feito a escolha acertada. Ela era elegante, eficiente e tinha a capacidade suficiente para enfrentá-lo. E era um bocado atraente também... A boca abriu-se em um sorriso tímido. Ele não fazia a menor objeção a misturar negócios com prazer... E Caitlyn Bell seria exatamente isso.

Puro prazer.

CAPÍTULO 3

A OPORTUNIDADE surge quando menos se espera. Mas Caitlyn não apenas não esperava uma oportunidade dessas, como não tinha tempo no fim de semana. Havia um casamento no dia seguinte, por isso marcara hora no cabeleireiro, e ainda precisava comprar o presente.

O que lhe deixava duas horas livres para comprar um fabuloso guarda-roupa de executiva adequado ao novo emprego em Melbourne e à viagem a Roma.

Saindo do hotel, andou pelas ruas cheias, a cabeça girando, não apenas por causa da oferta de emprego, não apenas porque em questão de uma hora sua vida inteira mudara... Devia estar muito feliz; contudo, suas pernas pareciam mais pesadas do que o normal; parecia que estava andando em um pântano. Recostou-se em uma parede, sem perceber a rua agitada, as pessoas saindo apressadas do trabalho, na expectativa do fim de semana. E embora fosse a última coisa na qual desejasse pensar, e houvesse um milhão de outras para se preocupar, não conseguia tirar Malvolio do pensamento.

Uma sensação nauseante subiu-lhe pela garganta ao relembrar a terrível cena. Voltou a ver o ódio nos olhos dele ao ser mordido; ouviu as palavras grosseiras quando ele saiu porta afora.

– Você é uma vagabunda, igualzinha a Roxanne.

Roxanne...

Caitlyn fechou os olhos; esperou o coração voltar a bater em ritmo normal. Então ele sabia quem ela era – uma revelação para a qual não estava preparada.

Como de hábito, ao entrar numa loja de departamentos desceu no quarto andar. Dez minutos de pânico total ao se dar conta de que nenhum terninho em liquidação seria aprovado por Lazzaro.

Isso não é um favor.

Repetiu sem parar as palavras dele enquanto ia para o sexto andar, quase engasgando ao ver as etiquetas de preços. Aceitou a ajuda de uma insistente vendedora cuja postura arrogante ficou mais suave quando Caitlyn mencionou seu cargo.

– *Você* é a nova assistente de Lazzaro Ranaldi... Então "Gemma" não ocupa mais o cargo?

– Jenna.

– Isso! Jenna fazia compras aqui regularmente. Sei exatamente o tipo de roupa apropriado.

– Sério?

– Seu chefe exige um determinado estilo. Posso ajudá-la.

Parada na cabine, Caitlyn olhou seu reflexo no espelho, o *tailleur* preto havia sido descartado pela vendedora e substituído por um cinza, maravilhoso, um de linho bege e um verde-oliva, também fabuloso, embora a saia fosse curta demais para seu gosto. Agora experimentava um terninho chocolate que, de acordo com a vendedora, combinava bem com o tom de sua pele. Realçava a cor de sua pele e o azul de seus olhos, e com o cabelo feito, a maquilagem e os sapatos corretos... Na ponta dos pés, Caitlyn assumiu uma pose arrogante e decidiu que podia muito bem ser assistente de Lazzaro Ranaldi, e agora teria condições de ajudar a mãe, pagar o advogado e, se a decisão do juiz não fosse favorável a elas, teria como pagar a tia e a prima.

Roxanne…

Sentada na cabine, Caitlyn cobriu o rosto com as mãos.

O nó no estômago, tão familiar nos últimos dias, apertou ainda mais, como se Roxanne e Cheryl estivessem uma de cada lado puxando. A atitude mesquinha ainda ecoava em seus ouvidos como se tivesse ocorrido ontem e não há dois anos. E não pela primeira vez, mas talvez pela milionésima, se perguntou se podia ter feito ou dito alguma coisa para alterar as consequências.

Elas tinham ido à casa de Roxanne em um domingo. Helen implorara a Cheryl para que visitasse o pai de vez em quando. Caitlyn e Roxanne ficaram a sós, pegaram uma garrafa de champanhe e fingiram, como desde meninas, serem amigas.

– O que é isso? – Os olhos de Roxanne brilharam quando a bolsa de Caitlyn escorregou da cama e a foto de Lazzaro, recortada de uma revista, caiu no chão. – Você tem uma queda por ele, não tem?

– Não! – Caitlyn recolheu a foto, o rosto em brasa. – Mas você precisa ver como ele administra o hotel. É impressionante.

– Ele é incrível. – Roxanne sorriu. – Isso posso garantir.

Por tolice ou vaidade, Caitlyn se exibiu um pouco para a prima.

– Ele me deu carona ontem à noite.

– Para você? – zombou ela. – Desde quando ele leva as empregadas em casa? A coisa deve estar feia! – Roxanne baixou o olhar para as unhas dos pés recém-feitas. – Estou farta dos Ranaldi. Acreditei que ia me dar bem, e acaba que Luca é um fracassado.

– Fracassado, não – argumentou Caitlyn. – E se for parecido com o irmão gêmeo, deve ser deslumbrante.

– Ele está falido. Alcoólatra e falido.

– Falido? – Caitlyn franziu a testa. As palavras "falido" e "Ranaldi" não combinavam. Roxanne riu, abriu o armário, retirou um monte de vestidos e pegou uma caixa. Sorrindo diante da expressão chocada da prima, exibiu várias joias. – Ele comprou *tudo* isso para você? Mas não disse que ele está falido?

– Que vendedora pensaria em checar seu limite de crédito? Ele está vivendo da fama, embora não por muito tempo. Lazzaro vem cobrindo todos os cheques sem fundos.

– Então, por que aceita todos esses presentes? – perguntou, exaltada. – Roxanne, se o cara está afundando...

– Então, ao menos deve afundar com estilo. De qualquer modo, alguns vestidinhos e joias são gotas no oceano comparados aos problemas dele. Eu ia dar o fora nele hoje, mas ele prometeu comprar um carro para mim segunda-feira. – Espalhou alguns folhetos. – Estou pensando em escolher um vermelho.

– Roxanne!

– Ei, vá à luta. Quando eu me livrar de Luca pretendo...

– Tenho umas malas para você... – A vendedora afastou a cortina, o sorriso falso desaparecendo quando Caitlyn ergueu o olhar. – Está se sentindo bem?

– Estou. – Caitlyn umedeceu os lábios secos e se levantou. – Muito bem.

Eles estavam tão apaixonados...

As palavras ecoavam. Tia Cheryl não cansou de repeti-las, e sua mãe também. Aparecera até nos jornais, com uma foto de Roxanne precisando de apoio ao acompanhar o caixão de Luca.

Mas Caitlyn sabia a verdade, e, aparentemente, Malvolio também.

– O QUE houve? – Lazzaro franziu o cenho, pois não apenas tinham atendido o telefone na casa da irmã, como tinha sido a própria que respondera.

– Nada. Por quê?

– Pensei que tivesse entrado em...

– De jeito nenhum. – Antonia suspirou. – Acho que esse bebê não vai sair nunca. O que está fazendo?

– Dirigindo. Malvolio está em casa?

– Lá fora. Vou chamá-lo.

– Não precisa. Vou dar um pulo aí, estou pertinho.

– Então fique para jantar. Eu poderia... – começou, animada, mas parou no meio da frase quando a ligação caiu. Não estranhou. Seu irmão não tinha fama de conversador.

Abaixando o livro e tentando se erguer do sofá, Antonia sorriu quando a governanta abriu a porta e o irmão entrou.

– Só estava pensando se não queria jantar aqui antes de você desligar o telefone.

– Não – agradeceu, sacudindo a cabeça.

– Fique – insistiu, mas ele continuou sacudindo a cabeça.

– *Zio!* – O gritinho de contentamento de Marianna ressoou quando ela entrou na sala de jantar, usando pijama cor-de-rosa e um roupão. Os cabelos negros encaracolados balançaram ao correr na direção do tio. Normalmente, ele a levantava, cobria o rosto gorducho de beijos, mas, hoje não conseguia. Sentiu-se mal ao correr os olhos da irmã para a sobrinha, sem querer estragar a alegria delas.

– Oi. – Lazzaro despenteou o cabelo de Marianna e tentou fingir não ter percebido a decepção nos olhos da menininha diante do frio cumprimento. – Que bom ver você, Marianna. – Retornou a atenção para a irmã, sem conseguir encará-la. – Só queria dar uma palavrinha com Malvolio a respeito de trabalho.

Mas Antonia não acreditou na história, chamou a governanta e pediu-lhe que levasse Marianna para brincar enquanto ela conversava com o irmão.

– Está tudo bem, Lazzaro? – Há séculos não via o irmão tão mal, tenso e distraído. – Você parece...

– Só estou cansado – respondeu Lazzaro, forçando um sorriso. – Foi uma semana e tanto. Soube que Jenna foi embora?

– Coitadinho. Tomara que encontre logo uma substituta.

– Já encontrei.

– Já? Quanta rapidez! Normalmente demora séculos.

– Não dessa vez.

– Então fique para jantar – implorou Antonia. – Marianna ficaria encantada e eu também, pois assim poderia desviar a mente deste pequenino. – Passou a mão na barriga. – Estou ficando mais nervosa a cada minuto.

– Tudo vai correr bem – disse ele, e até mesmo tentou sorrir ao tranquilizá-la. – Vocês dois vão ficar bem. O que anda lendo?

– Um livro com nomes. Já escolhi uns vinte nomes para menina, mas se for menino... – Calou-se por um segundo vendo Lazzaro engolir em seco, a dor presente na expressão normalmente impassível. – Eu quero que se chame Luca.

– Ótimo – concordou. – É a atitude certa a tomar.

– Tem certeza? Quero dizer... Eu sei... – Não terminou a frase. Esperou Lazzaro completá-la.

Mas ele não o fez. Passou a mão na testa e depois apertou a ponta do nariz entre o polegar e o indicador por um segundo.

– Fale comigo, Lazzaro.

– Não há nada a dizer. – Ele não conseguia nem pensar, quanto mais falar.

Antonia tentou ajudá-lo.

– Acha que nunca será capaz de pronunciar novamente esse nome sem se lembrar...?

– Sempre me lembrarei – afirmou ele, pois era a pura verdade. Não conseguia nem jamais conseguiria tirar o falecido irmão do pensamento.

– Sem sofrer... – sugeriu Antonia, mas mesmo assim ela não obteve êxito, o sofrimento não o abandonava.

– Sem arrependimento – disse ele finalmente. – Acho que nunca serei capaz de pensar em Luca sem sentir remorso.

– Por favor, não diga isso... – Os olhos de Antonia ficaram marejados de lágrimas... pelo irmão morto e pela agonia do irmão vivo, a agonia nunca discutida. E pelo cerrar dos olhos dele, pelo menear de cabeça, Antonia sabia que Lazzaro ainda não estava preparado para discutir o assunto. Mas isso não a impediu de tentar. – Lazzaro, se Luca está bem, se continua entre nós, ele compreende o motivo de você ter dito o que disse – e era *preciso* dizer. Ele estava totalmente fora de controle.

– Eu sei. – Lazzaro meneou a cabeça, mas ambos sabiam não ser essa a questão.

Corajosamente, Antonia prosseguiu:

– E tenho certeza de que ele perdoou você pelo que aconteceu. – Ela se aproximou, a voz embargada de lágrimas, implorando que ele a ouvisse.

– Se isso serve de consolo, eu também o perdoei, há muito tempo. – Ela levou a mão a seu rosto, tentou tocar a cicatriz, mas ele afastou-lhe a mão. Não necessitava do perdão da irmã. – Lazzaro, você precisa esquecer.

– Já *esqueci.*

– Não é verdade, Lazzaro. Você nunca vem me visitar nem a mamãe desde que tudo aconteceu. – A voz aumentou de tom, como se previsse sua tentativa de encerrar a conversa, como sempre. – Precisamos conversar. – Havia uma nota de súplica na voz de Antonia. – Isso está acabando com você, impossível não perceber.

– Não faz sentido continuar discutindo o mesmo assunto...

– *Nunca* o discutimos! – Antonia soluçou. Os traços do rosto, os movimentos, demonstravam exaustão – não apenas por causa da gravidez, mas do estresse dos últimos dois anos.

– Desde aquele dia no hospital, o assunto nunca foi discutido. Precisamos conversar, Lazzaro, e mamãe também. Preciso ouvir...

– Não, Antonia, não precisa! – Lazzaro pronunciara as palavras fazendo Antonia recuar diante da brutalidade. Odiou-se por isso. Mas consolou-se com a verdade: Antonia não precisava saber mais nada sobre o que acontecera aquele dia, assim como não precisava saber do ocorrido hoje.

Se, de alguma forma, ele pudesse suportar o peso sozinho, ocultar a verdade dela... Seria essa a forma correta de agir? A voz suavizou-se ao falar:

– Conversar vai trazê-lo de volta?

– Você sabe que não.

– E isso mudaria o que aconteceu aquele dia? Mudaria o que Luca viu? – Ele a viu sacudir a cabeça, desconsolada. – Então, como vai ajudar?

– Por favor... – implorou Antonia, mas ela sabia ser inútil, sabia não ter outra opção a não ser evitar discutir o assunto.

– Onde está Malvolio?

– Está lá fora tomando um drinque – A voz de Antonia demonstrava resignação enquanto limpava o rosto com as costas da mão e tentava voltar à normalidade... ou o que fosse considerado normalidade naquela família. – Vou avisar que você está aqui.

– Não precisa. Vou lá falar com ele. Tente descansar. – Ele esperou até ela se recostar no sofá, tentou manter o tom de voz normal e não demonstrar a raiva que o consumia, a fúria que lutava por se libertar. Tentou parecer, soar e agir como se tivesse apenas aparecido para visitar a família.

Família!

Em umas duas semanas Malvolio e Antonia teriam outro bebê, um irmãozinho ou uma irmãzinha para Marianna. O que aquele desgraçado estava fazendo com sua irmã, com sua sobrinha, com o bebê ainda por nascer?

Ao caminhar em direção às portas, tentou adivinhar o que aquele desgraçado havia feito com Caitlyn.

Lazzaro não era do tipo que fazia planos, para isso pagava seus funcionários. Sua vida atribulada era uma máquina bem-azeitada que o deixava livre para entrar em qualquer reunião, qualquer sala de conselho e, instintivamente, assumir o comando, sem necessidade de preparação, graças a sua mente brilhante para avaliar qualquer situação. Mas devia ter se preparado para esse encontro.

Viu o cunhado, seu colega e, para todos os efeitos, seu *amigo* recostado na parede de pedra, segurando o copo. Na mão, um curativo.

Malvolio não conseguia encará-lo. Por um segundo, Lazzaro ficou sem saber o que dizer.

A verdade era tão cruel, tão carregada de consequências que ele quis descartá-la.

Se Caitlyn estivesse errada... Quase *desejou* que ela tivesse *mentido*.

Mas, por mais enojado que estivesse, tinha certeza de que ela não mentira.

– O que foi que ela disse? – O rosto de Malvolio estava branco como uma folha de papel, um músculo latejando. – O que aquela vagabunda disse...?

Ele não chegou a completar a frase. Foi agarrado pelo paletó e imprensado contra a parede.

– Cale a boca – sibilou Lazzaro, cara a cara com o cunhado. – Você me enoja.

– Você acreditou nela? – Malvolio deu uma risada nervosa, mas debochada. – Você prefere acreditar nela e não em sua família?

– Você é casado com minha irmã. Não tem meu sangue. Que diabos você anda fazendo, se metendo com as funcionárias?

– Eu estava na minha. Ela é que estava *me* dando mole. Foi ela que armou para cima de mim.

– Mentira – murmurou ele entre os dentes. – Não minta nem tente inverter a situação. Se voltar a se aproximar dela, não me responsabilizo pelas consequências. – As mãos de Lazzaro ainda o imprensavam contra a parede, a voz baixa e ameaçadora. – Fique bem longe dela.

– Você não se livrou dela? – perguntou ele surpreso.

– Por que me livraria dela se foi *sua* culpa? Agora ela é minha assistente, e, se você der um passo errado, pode ter certeza de que contarei a minha irmã.

– Ela armou para cima de mim. E para cima de você também.

– Do que está falando? Foi você que a seduziu com um papo de promoção, de olho nela todo o tempo, e isso foi dito por outro funcionário, não por ela.

– Seduzi-la? – Malvolio soltou uma risada incrédula. – Foi ela que deu em cima de mim, Lazzaro. Agora que ela conseguiu se formar, acredita merecer um cargo melhor. Ela queria saber se eu poderia conseguir o lugar de Jenna para ela. Ela está sempre tentando se dar bem, querendo os contracheques falsificados. Você devia vê-la...

Malvolio passou a mão no cabelo, a voz ofegante mais forte a cada palavra quando Lazzaro deu um passo atrás, sacudindo a cabeça, refutando, mas ainda assim ouvindo – ouvindo e começando a duvidar. Então... A gravata frouxa ainda o sufocava. Abriu o colarinho. Malvolio continuou.

– Ela vive *se* jogando pra cima de mim. Eu não sabia o que fazer. Disse que você estava entrevistando candidatas e que eu não podia ajudar. De repente ela me mordeu, acusando-me de ter tentado agarrá-la.

– Você está mentindo. Mentindo para livrar sua cara, pois, sem minha família, sem seu emprego, sem nós, você não é nada. Se eu não lhe desse a mão, você seria o mesmo zero à esquerda que era antes de encontrar minha irmã. – Soltou um palavrão. – Não sei por que o protejo. Ela ficaria melhor sem você... Seria melhor que ela soubesse a verdade.

– Não! – Malvolio gritou. – Eu amo Antonia. Até parece que eu iria colocar meu relacionamento em jogo por causa de uma vadia daquelas. Imagine se eu estragaria a vida dos meus filhos... Ela ficou tão chocada que pediu demissão, não foi? – Ele deu uma risada incrédula. – Mas não ficou chocada quando você aumentou seu salário. Parece que ela pode engolir desaforos se o preço for alto. Ela não pode estar *tão* chateada comigo...

Lazzaro sentia o sangue palpitando forte nas têmporas, uma onda de alívio percorrê-lo. Porque, se Malvolio estivesse dizendo a verdade, então tudo estaria bem com sua irmã, com as crianças.

Quanto a Caitlyn... A onda de alívio foi temporária. Sabia que o sofrimento em seus olhos tinha sido real. Ele tinha certeza. Sentira o coração dela disparado ao abraçá-la.

Lazzaro conhecia as mulheres – sabia quando estava sendo enganado. Ela não podia mentir tão bem.

– Você sabe quem ela é, não sabe?

A voz de Malvolio parecia vir das entranhas, mas ele não pôde concluir. As portas francesas abriram e Antonia apareceu. Por sorte, Lazzaro foi salvo, e agiu naturalmente diante da irmã, pois seu celular tocou e Malvolio disse a ela que entrariam a seguir. Levou um segundo até seu cérebro voltar a funcionar e poder responder quando a pessoa se apresentou como uma vendedora.

– Apenas para confirmar alguns gastos de uma nova funcionária. Preciso listar as compras? – E ele ouviu a lista dos *tailleurs* de grife, dos casacos, sapatos e botas. A mulher com quem insistira para se vestir elegantemente tinha, em menos de uma hora, conseguido gastar o mesmo que o orçamento anual de Jenna em roupas. – E um conjunto completo de malas Oroton. O senhor autoriza todas as compras?

– Sim. – Jenna gastara uma fortuna inicialmente, lembrou-se. Caitlyn precisaria de casacos e botas para a viagem à Itália. Ele nunca questionara uma conta dessas na vida, e não começaria a fazê-lo agora, por causa de Malvolio.

Desligando o telefone, sorriu para a irmã quando Malvolio a tranquilizou dizendo que entrariam num minuto.

– Está tudo bem, não está? – perguntou, ansiosa.

– Claro. – Lazzaro sorriu, mas o sorriso desapareceu no instante em que Antonia entrou e a conversa recomeçou de onde parara, toda a sórdida confusão ocorrida naquela tarde tomando um rumo mais sombrio e asqueroso.

– Ela é prima de Roxanne – disse Malvolio com desprezo.

O rosto de Lazzaro empalideceu visivelmente.

Caitlyn Bell era prima de Roxanne!

Roxanne Martin, a pessoa que mais odiava no mundo.

A mulher que jogara um irmão contra o outro.

A mulher que praticamente matara Luca com as próprias mãos.

– Foi você quem mencionou família – continuou Malvolio, irritado. – Foi você que mencionou ligações sanguíneas. Bem, sua nova assistente tem os mesmos genes de Roxanne Martin.

Não!

O cérebro de Lazzaro recusava-se a acreditar, a palavra na ponta da língua. A mulher com quem conversara aquela tarde, que estreitara nos braços por um tempo em *nada* se parecia com Roxanne.

Mas quando estava prestes a refutar a afirmação, o bom senso prevaleceu.

A recusa era perigosa.

Recusa – a dança impossível que levara Luca à morte prematura.

Mas ele era mais forte do que Luca.

Os olhos tremulavam diante dos seus, com perigosos lampejos. E embora ele se sentisse inicialmente tentado a ligar para a loja, cancelar o crédito e cancelar a oferta de emprego, um sorriso amargo retorceu-lhe a boca.

E daí que tivesse contratado uma vadia manipuladora e mentirosa? Podia ser pior – ele podia não ter conhecimento!

– Melhor estar dizendo a verdade, pois se você magoar minha irmã... – Lazzaro grudou os olhos no cunhado e o viu encolher-se contra a parede. – Se eu deixo você viver é apenas para garantir que vai se arrepender de estar vivo!

– E Caitlyn? – Os olhos de Malvolio faiscaram. – Vai se ver livre dela? Ou seja, depois do que contei...

– Livrar-me dela? Por que faria isso quando as coisas começam a ficar interessantes? – A risada soturna de Lazzaro era melancólica. – Se Caitlyn Bell pensa que pode me manipular, não fez direitinho seu dever de casa. Na verdade, estou ansioso para ver até onde ela vai.

CAPÍTULO 4

– VOCÊ ANOTOU que Roberta ligou.

A voz tinha aquele tom de ameaça, cada vez mais familiar. Sua primeira semana de trabalho e ela já olhava o relógio, implorando para o tempo passar logo, para poder se despedir, até segunda-feira.

– Ela ligou. – Engoliu em seco, sem erguer o rosto, olhando o bilhete que colocara na mesa dele, concentrando-se não no papel, mas nos dedos contraídos tamborilando em cima do bilhete. – Há meia hora. Mas você estava em outra ligação...

– E o que lhe disse?

– Apenas que você estava em outra ligação e que eu daria o recado. – Um dedo ligeiramente trêmulo apontou o bilhete. – E dei.

– Presumo que ela tenha dito ser urgente.

– Disse sim. – Caitlyn pigarreou. – Mas quase todo mundo...

– Você se dá conta de que estou tentando falar com ela há dois dias? – A voz era puro gelo.

– Ela pareceu ansiosa.

– Provavelmente estava ansiosa, considerando que eu lhe disse que se não retornasse até as 17h de sexta-feira eu daria início aos procedimentos legais. Exatamente o que eu estava fazendo até ver seu bilhete. Por que diabos você não pensou em me consultar? De todas as malditas incompetentes...

– Ei, espere um minuto! – Levantando-se, mesmo em saltos assassinos, ela não era páreo para a altura dele, ou para sua fúria, mas tentou, com todo seu empenho. Ele passara a semana irritado... totalmente diferente do homem que a entrevistara, e Caitlyn duvidava seriamente se aguentaria uma semana, quanto mais um ano! – O nome não constava da preciosa lista de Jenna, e se eu passar toda mulher ansiosa, deprimida, chorosa ou de porre que liga para você, é melhor eu me sentar em uma daquelas mesas telefônicas antigas! O sr. Ranaldi? Vou passar a ligação... – debochou.

– Da próxima vez que alguém que você não conhece me ligar – disse, sarcástico, reprimindo um sorriso –, cheque primeiro.

O telefone tocou e, ainda irritada, Caitlyn atendeu calmamente. Apenas um leve brilho surgiu em seus olhos.

– Um momento, por favor. Vou verificar.

– Tanya. – Sorriu gentilmente, mas com um olhar impertinente. – Devo passar?

– Não!

– Mas ela disse ser urgente e, na verdade, parece bastante ansiosa.

– Diga que já saí para o fim de semana. – Passou a mão nos cabelos. – Mas agora que a deixou esperando, ela *vai* saber que estou aqui!

– Sinto muito deixá-la esperando. – Voltando a falar com Tanya, foi doce e convincente. – Achei que conseguiria pegá-lo na recepção, mas, infelizmente, ele já saiu para o fim de semana. Pode ter certeza de que avisarei de seu telefonema.

Desligando o aparelho, esperou, esperaria até a segunda-feira se preciso fosse.

– Tudo bem. – Ele sacudiu os ombros quase imperceptivelmente. – Da próxima vez apenas...

A voz dele sumiu.

– Apenas o quê...? – insistiu ela. – Você quer que as deixe na espera, cheque com você ou tome a iniciativa? E considerando que não tenho poderes paranormais, não vai funcionar sempre!

– Está bem! *Está bem!* – Ergueu as mãos exasperado antes de sair. – Tem razão.

– Aceito seu pedido de desculpas – retrucou ele, já a caminho da porta.

E pela primeira vez na semana, às 16h45 da sexta-feira, ele sorriu. Na verdade, voltou-se para ela e sorriu.

– Você confia demais em sua sorte. Eu ainda tenho que ligar para Roberta *e* para o advogado. – Mas continuava sorrindo. – Olha, por que não vai para casa?

Isso era melhor do que um pedido de desculpas, considerando que todas as noites ela trabalhara até tarde.

– Bem, se não se importa... – Caitlyn fungou, ainda recusando-se a perdoá-lo por completo.

– Pode ir, você trabalhou demais esta semana. – Era o primeiro cumprimento desde que começara, e toda a raiva

evaporou. Finalmente, retribuindo o sorriso, pegou a bolsa.
– Vejo você às 7h.

– Sete horas da manhã? – Caitlyn piscou. – Mas amanhã é sábado.

– Por isso mesmo, quero checar o *resort* na península. Estou considerando comprá-lo para proporcionar um descanso nos fins de semana a meus hóspedes estrangeiros. Logo, pretendo passar o fim de semana lá.

– Mas não fiz reservas – disse esperançosa, os sonhos de tomar um banho demorado, depilar as pernas, aplicar uma máscara facial ou ficar sem fazer nada se desfizeram diante da realidade.

– Ligamos a caminho. – Lazzaro deu de ombros. – Gostaria de ver como eles se saem tendo que confirmar uma reserva em cima da hora, e usaremos nome falso. Não quero que desconfiem que estou chegando. – Ele registrou o franzir de cenho. – Estou sempre um passo adiante de todo mundo. Este é o segredo de meu sucesso. Melhor lembrar-se disso.

E, embora ainda sorrisse, os olhos dele estavam sérios, e ao chegar à porta Caitlyn teve a impressão de que recebia uma advertência.

MELHOR ESQUECER a vida pessoal e concentrar-se na carreira, pensou Caitlyn às 7h quando Jeremy apertou o controle remoto e os pesados portões da deslumbrante casa se abriram. O cargo de assistente pessoal de Lazzaro, como descobrira na primeira semana, consumia-lhe *todo* o tempo.

Eles se encontravam no hotel ou na casa dele, dependendo das exigências da agenda e, caramba, como a agenda dele era cheia! Na primeira semana de trabalho, Caitlyn tinha voado mais milhas do que em toda sua vida.

Lazzaro usava helicópteros como as outras pessoas usavam táxis. Viagens interestaduais para reuniões de duas horas eram comuns. Ela acordava antes do raiar do dia, tomava banho e se vestia. O motorista a aguardava e o exaustivo dia começava. No fim do dia, em geral depois da meia-noite, se atirava na cama. Na manhã seguinte, o despertador tocava, e mais um dia exaustivo tinha início.

Tomando o último gole de café e torcendo para a cafeína começar logo a fazer efeito, Caitlyn saiu do carro, e colocando um sorriso no rosto bateu na pesada porta da frente, se questionando sobre o tipo de humor que iria encontrar.

– Bom dia! – Acostumada a não receber resposta, abriu a porta, os saltos altos ecoando até chegar ao corredor coberto de tapetes grossos. Os sapatos novos começaram a incomodá-la ao atravessar o saguão vazio. Era a terceira vez na casa dele de manhã, e nas duas outras ocasiões, Lazzaro a cumprimentara da cozinha com um curto bom-dia e um rápido resumo da agenda.

Mas não esta manhã.

Sentindo-se uma intrusa, atravessou o corredor escuro, o luxuoso ambiente ainda não suficientemente familiar a impressionava. Não poupara despesas na decoração da mansão: mobília antiga sofisticada combinada à perfeição com móveis modernos – mas, definitivamente, uma casa masculina. Nada de toques femininos, nenhuma flor dando vida aos cantos, nenhum toque de cor para amenizar as linhas austeras, nenhuma foto na mobília pesada de madeira.

Olhando a sala de estar ao passar, viu o quarto, normalmente imaculado, todo desarrumado. Levando em conta a hora, a empregada ainda não o arrumara, mas as almofadas no chão fizeram Caitlyn se deter. Como um cão farejando o ar, pressentindo um intruso, sentiu o cheiro de um perfume forte, exótico, viu o sofisticado aparelho de som piscando na escuridão. Aparentemente, ele não tivera tempo de desligá-lo antes de ir para a cama. Embora ciente de que isso não deveria irritá-la, Caitlyn balançou a cabeça e dirigiu-se à cozinha.

Acostume-se, Caitlyn. Convivendo com Lazzaro, precisaria se acostumar a esbarrar em muitas mulheres: Lucy, Tabitha, Mandy, Tanya... Cada nome uma faca enfiada em sua barriga... Um ligeiro alívio quando Lazzaro se recusava a atender um telefonema. Talvez fosse Bonita, pensou amarga, a mulher cujos telefonemas ele atendia sem questionar, a mulher cuja voz rouca tinha a capacidade de tirar Lazzaro de qualquer reunião.

Caitlyn engoliu em seco, constrangida, se perguntando se estava prestes a conhecer Bonita, e disse a si mesma que aguentaria firme. Afinal, era apenas funcionária dele, sua assistente.

Não deveria importar o que sentia por ele.

Ainda assim, apesar de quanto se lembrasse de seu lugar na vida dele, sem dúvida doeria. Ao entrar na cozinha, tentou sem êxito ignorar a garrafa de champanhe vazia na bancada... e tentou também sem êxito ignorar as duas taças.

Tentou sem êxito ignorar as marcas de batom em uma das taças.

Por um aterrador momento, se questionou se estaria atrapalhando algo, retesou-se ao ouvir os passos na escadaria esperando ver alguma beleza estonteante, exótica.

Mas era Lazzaro!

Droga!, pensou, saindo e torcendo para as sombras esconderem o rubor enquanto mexia na pasta. Será que ele não podia ao menos se vestir?

Usando *apenas* a calça, e mesmo assim sem abotoar, molhado do banho, enxugando o queixo recém-barbeado, o normalmente impecável Lazzaro! Embora ela não ousasse olhar, ele era, certamente, uma beleza estonteante, exótica. A pele escura, morena, que até então Caitlyn só vislumbrara pelo colarinho ou pelas mangas arregaçadas, estava exposta.

– Estou atrasado... – O cabelo úmido caiu na testa e o cheiro almiscarado da colônia de barbear misturada à pele úmida quase a asfixiou quando ele passou por ela. Mas não era a colônia pós-barba que lhe apertava a garganta, prendendo o ar em seus pulmões, e sim o homem em si. – Café?

Uma pergunta simples, desnecessária, praticamente, já que graças à cafeína conseguira se manter de pé a semana anterior. Mas, embora Caitlyn tivesse tomado mais café com ele do que pudesse contar, tudo agora parecia diferente, por estar na casa dele e ele preparar o café.

– Café? – Ele franziu a testa diante da mudez dela, do aceno hesitante, encabulado. Depois virou as costas, o que não ajudou muito.

Enfiou as unhas na palma da mão quando ele se esticou e abriu o armário superior, o simples movimento permitindo-lhe vislumbrar os músculos definidos. Ela *realmente* torcia para que ele se vestisse, torcia para que pudessem dar início ao trabalho.

Pois com Lazzaro seminu na cozinha seu raciocínio flutuava como folhas ao vento, e ela só esperava que ele não pegasse três xícaras e que a visita dele não fosse se unir a eles ou, pior ainda, que Lazzaro não fosse levar para *ela* o café.

Sorte da mulher que acordasse com ele...

As folhas presas num redemoinho, os pensamentos voaram. Sonhava com o paraíso: aquele rosto normalmente inescrutável sorrindo para ela com ternura depois de acordar e em seguida sentindo aquela boca grossa acordando-a com um beijo lento.

– Tome...

Diferente da sua, a mão dele estava absolutamente firme ao entregar-lhe a xícara de café, ao oferecer-lhe uma visão frontal do peito dele, e ela não conseguia tirar os olhos dele, simplesmente não podia. Sentou-se num banco na cozinha e engoliu em seco quando ele se inclinou sobre ela e colocou um banco a seu lado, oferecendo-lhe uma generosa visão das axilas ao espreguiçar. Havia lido em algum lugar que as mulheres não deveriam raspar aquela parte do corpo, que o cabelo debaixo do braço era carregado de fragrâncias capazes de deixar um amante zonzo.

Não importava quem tivesse escrito isso, a pessoa deveria estar certa, pois a despeito de Lazzaro tinha ou não acabado de tomar banho, algo animal acontecia. Sua cabeça girava quando o ar entre eles pareceu parar. O mamilo dele estava próximo de seu rosto e ela teve vontade de lambê-lo. Pensamentos tórridos, desconhecidos a invadiam – pensamentos íntimos. Esta era a manhã deles. Ela mergulhou em seus devaneios e deu-lhes um toque elaborado. Assim seriam todas as manhãs...

CÉUS, ELA era maravilhosa. Um feixe de nervos, talvez, mas absolutamente, absolutamente maravilhosa.

A última semana tinha sido difícil ao extremo: Lazzaro esperando que ela cometesse um erro, esperando que ela se entregasse e revelasse seu verdadeiro caráter. Só que até hoje ela tinha sido uma brisa de ar puro entrando e saindo de sua sala com seu sorriso largo, encantando todos os colegas e, principalmente, o chefe! Sem dúvida, desempenhava bem sua função. Na verdade, seria *extremamente* eficiente tão logo aprendesse mais alguns detalhes básicos.

Por vezes, na verdade, se esquecia de quem ela era...

Em momentos como este, a rigor esquecia que ela era prima de Roxanne. Lazzaro viu as mãos dela no colo, os joelhos balançando e teve vontade de pará-los. Queria prender as pernas dela entre suas coxas, queria apossar-se daquela boca e prová-la. Por que ele não conseguiu se sentir assim a noite passada? Mandy, ou seria Mindy?, falara sem parar. Por mais linda que fosse, nem se dera ao trabalho de calá-la com um beijo, nem se excitara, o que para ele era extremamente preocupante. Excitar-se em *qualquer* ocasião nunca fora um problema, exceto na noite anterior. Motivo pelo qual pedira ao motorista para levar Mandy para casa. Depois de um rápido drinque, ele alegara cansaço.

Contudo, não estava cansado agora, na verdade estava bem desperto. O ar, pesado de excitação; o calor saindo de sua boca o aquecia. A respiração dos dois se misturava. Ele percebia como a curva de seus seios subia e descia rapidamente e parecia que os dois tinham se beijado. Ele podia ver a língua dela passando pelo lábio superior. Ambos em silêncio, ambos se fitando, ambos sentindo – sentindo *algo* impossível de negar –, essa onda de energia que fluía entre eles vez por outra. Um gelo que raramente precisava ser quebrado...

– Podemos subir? Acabar de vez com... ? – Com voz baixa e rouca, os olhos sorriam para os dela.

Se alguém, em alguma circunstância, dissesse isso, ela morreria. Mas, em vez disso, riu, agradecida por ele ter percebido, feito uma brincadeira, permitindo que ela também agisse assim.

– Acho que não posso andar assim o dia todo... seria extremamente constrangedor!

– Bem, melhor se acostumar – censurou-o. – Chequei sua agenda e, certamente, não há tempo para essas bobagens. De qualquer forma, acabei de me maquilar.

Ele riu e, surpreendentemente, ela não estava mais ruborizada. Na verdade, percebeu Caitlyn, estava flertando. Ela, Caitlyn Bell, a última virgem da face da Terra, a menos experiente sedutora viva, na verdade provocava o homem mais *sexy* do mundo. E até que se saía bem, percebeu, quando ele a tentou um pouco mais, e demonstrou arrependimento quando ele sorriu e se afastou.

– Que pena!

Agora ela *podia* pegar a xícara e dar um gole.

– Que pena! – ele repetiu. – Teria sido maravilhoso, você sabe.

FOLHEANDO O jornal ao deixarem a cidade para trás, ainda conseguiu dar ordens.

– Agende uma massagem para você, todos os melhores tratamentos, e uma partida de golfe para mim. Diga que precisarei alugar tudo – acrescentou ele, quando ela pegou o telefone.

– Mulheres também jogam golfe – comentou ela com sarcasmo enquanto ligava. – Algumas muito bem...

– Ótimo. – Lazzaro mostrou os dentes em um sorriso. – Se preferir, você joga golfe, eu estou precisando de uma massagem!

Considerando que a única coisa que Caitlyn sabia de golfe era ser um esporte chato, ruborizada, fez reservas para o "sr. Holland" e sua assistente, srta. Bell.

Recusando-se, definitivamente, a ceder, marcou alguns tratamentos que pareciam maravilhosos, para si mesma.

– Faltou um pouco de imaginação – murmurou Lazzaro quando ela desligou.

– Não sou eu que tenho algo a esconder – retrucou.

Mas ele não parecia ter entendido seu senso de humor ou talvez tivesse tido problemas em entender as palavras, pois, em vez de sorrir para ela, como esperava, o rosto ficou sério, os olhos estreitando-se e a encarando como fizera durante a semana inteira.

Olhava como se nem gostasse dela.

Ele não atendeu o celular, que tocava no bolso. Em vez disso, desviou o olhar para a janela, irritado. O sol surgia no dia já quente, atingindo os arranha-céus da cidade. Apesar do carro com ar-condicionado, Caitlyn se sentiu cansada. Mesmo depois do café forte, sentia-se, de repente, esgotada. A brincadeira pela manhã, agora, uma recordação distante. Sem dúvida, seria outro longo e exaustivo dia.

– Caitlyn Bell. – Quando seu celular tocou, ela atendeu sem verificar quem chamava, satisfeita por poder desviar a atenção, na verdade, por causa do mau humor repentino de Lazzaro. – Ah, Antonia. – Lazzaro lançou-lhe um olhar penetrante. – Como vai?

– Hoje é o grande dia... – Caitlyn detectou a animação sob o medo na voz da irmã dele. – Estamos a caminho do hospital. Tentei falar com Lazzaro em casa e no celular. Por acaso ele está com você?

Caitlyn escapou da resposta pelo suspiro irritado e o estalar de dedos indicando que ela lhe passasse o telefone. Mas quando ele falou com a irmã, a voz era doce e descontraída – embora Caitlyn tivesse observado que a linguagem corporal demonstrasse o oposto.

– Como está passando? Fantástico! – Calou-se e deu uma risada. – Bem, não fique nervosa, você sabe que todo mundo diz que o segundo parto é sempre mais fácil.

Desde quando Lazzaro era especialista em partos?, pensou irritada. Mas obviamente Antonia, apesar de seu atual estado, fez algum comentário.

– Você já deveria saber que sou um especialista em *tudo*! – respondeu ele. – Achei que estivesse previsto para a próxima semana. – Os dedos tamborilavam na coxa enquanto Antonia respondia. – O momento não é oportuno. Não posso cancelar meus compromissos deste fim de semana. Fiz a reserva há séculos.

E Caitlyn observou-o mentir através dos dentes muito brancos sem nem mesmo corar quando deu prosseguimento às mentiras.

– Bem que eu gostaria, Antonia, mas não há nada que eu possa fazer. Ligue assim que tiver novidades. Boa sorte!

Devolveu o telefone sem uma palavra. Voltou-se para a janela enquanto a mente de Caitlyn girava como um carrossel. Já ouvira Lazzaro mentir para mulheres em várias ocasiões, mas o que não podia entender era o fato de ter mentido para a *irmã*. Ao longo das últimas semanas, Caitlyn conversara com Antonia e sabia que ela devia estar em trabalho de parto.

Ele não precisava cancelar a viagem. Não era sequer esperado!

LAZZARO PERCEBIA a desaprovação, e pela primeira vez isso o irritou, embora a aprovação da assistente fosse a última coisa que exigia quando se tratava de seu comportamento. Ainda assim, sentiu-se tentado a bater no ombro de Jeremy e pedir-lhe para parar o carro. Ele queria sair do carro e se afastar de todos.

Tamborilando impaciente, Lazzaro desconsiderou o estranho impulso. Ele não conseguiria conviver sozinho com os próprios sentimentos hoje. Não era a desaprovação de Caitlyn que o atormentava, mas a própria apreensão.

Ele estava tentando se centrar. Parecia cercado por um milhão de bússolas cujos ponteiros houvessem girado enlouquecidos e de repente parado, como se tudo se alinhasse para uma indesejada direção. Uma vida nova chegava ao mundo e, por isso, sua família destruída teria que se encontrar, conversar...

Ele precisaria encontrar a família, conversar com ela...

Enfrentar os mortos.

CAPÍTULO 5

O DIA seria exaustivo.

O *resort* era incrível. Ao subirem o trecho recoberto de pedrinhas, o verde exuberante da quadra de golfe era uma rara visão após um longo período de verão seco. Aparentemente a temperatura caíra alguns benditos graus.

Antes do telefonema da irmã, quando Lazzaro havia sido capaz de falar não apenas por monossílabos, ele explicara que muitos de seus hóspedes estrangeiros, cansados da cidade e da vida em hotéis – por mais luxuosos que fossem –, normalmente viajavam nos fins de semana. No início, Lazzaro não se importara. Mas por que não garantir que o dinheiro gasto fosse direto para *sua* conta?

A construção era bonita e acolhedora – discreta, mas extremamente luxuosa. Tão logo botaram os pés no saguão e foram levados às luxuosas suítes, Caitlyn entendeu por que ele queria comprar o *resort*.

Ao deparar com a imensa cama branca, Caitlyn não resistiu: tirou os sapatos e atirou-se nela. Sentia como se tivesse trabalhado o dia inteiro, e ainda não eram nem nove horas. Não teve tempo de sentir pena de si mesma. Explodindo de energia, Lazzaro bateu em sua porta oito segundos e meio depois e a pôs para trabalhar.

Se Caitlyn julgava já tê-lo visto em ação, hoje ele se mostrou absolutamente formidável, entrevistando o pessoal-chave enquanto Caitlyn tomava notas, examinando os livros de contabilidade enquanto o contador tossia e gaguejava, sob questionamento direto de Lazzaro. Nem mesmo durante o almoço relaxaram. Mal haviam se sentado quando Lazzaro resolveu, inesperadamente, dar uma volta na cozinha e depois pediu o único prato do menu que não tinham.

– Você parece satisfeito.

– E estou – respondeu Lazzaro, passando o aspargo na manteiga e depois colocando-o na boca. – Porque, apesar das aparências, este lugar precisa de muitas melhorias.

– Mas é divino – argumentou ela.

– Ainda será – afirmou Lazzaro. – Mas eu consegui abater pelo menos dois zeros do preço solicitado. Eles precisam vendê-lo e rapidamente.

– Como sabe?

– Porque faz parte do meu trabalho. Hoje foi extremamente proveitoso.

– Ótimo. – Caitlyn concentrou-se na comida mesmo ao falar.

– Então, isso quer dizer que terminaremos rápido?

– Por quê? Tem planos para hoje à noite?

– Não, mas você pode ter. – Forçou-se a fitá-lo. – Trabalhamos bastante hoje. Talvez possamos voltar para Melbourne e você poderia...

– Você faz ideia de quanto vale este lugar? – Lazzaro interrompeu-a e, embora a soma fosse impressionante, Caitlyn permaneceu muda. – Eu não tomarei tamanha decisão antes de examinar o *resort* mais atentamente. De qualquer modo – esforçou-se por suavizar o tom –, você marcou uma massagem e eu realmente deveria ir até o campo de golfe.

– Não consigo imaginá-lo como um jogador de golfe.

– E não sou. – Lazzaro deu de ombros indiferente.

– Você não pode blefar numa partida de golfe.

– Blefar? – Lazzaro franziu a testa.

– Fingir que é bom jogador...

– Ah, mas sou *muito* bom – disse Lazzaro, levantando-se. – Só odeio o maldito jogo. Não tenho culpa de ser excelente.

CERTAMENTE, HAVIA *vantagens em ser assistente de Lazzaro Ranaldi*, pensou deitada na mesa de massagem. Tendo recebido uma esfoliação que chegou quase aos ossos, feito um *peeling* e uma depilação até não sobrar um pelo supérfluo ou uma célula morta em seu corpo, chegara a hora de se entregar às mãos do massagista, para eliminar toda a tensão. Fechando os olhos, tentou repousar, e conseguiu. Mas por pouco tempo. Pois quando estava quase relaxada, prestes a mergulhar no esquecimento, sentiu como se duas mãos, num movimento repentino, a trouxessem de volta à superfície, de volta ao constante redemoinho de pensamentos.

Finalmente enrolada em um roupão macio, bebericando um chá de gengibre, camomila e limão no quarto, honestamente se perguntou se tinha forças para enfrentar Lazzaro no jantar. Ansiava pela companhia daquele homem por dois anos, mas ele estava demasiado exausto, demasiado atordoado.

Talvez devesse alegar estar passando mal.

O telefone tocou, e ao examinar o visor soube que teria que enfrentá-lo.

– Oi, Antonia! – disse Caitlyn afetuosa. – Como está passando?

– Muito bem, mas realmente precisava conversar com Lazzaro. Não estou conseguindo falar com ele pelo celular, e o telefone do quarto toca e ninguém atende.

– Ele está jogando golfe – disse ela, prestativa. – Provavelmente, não levou o telefone... – Ouvindo o suspiro do outro lado da linha, imaginou como *ela* se sentiria no lugar da outra e apiedou-se.

– Vou ver se ele está no quarto. Se não estiver, deixo um recado debaixo da porta.

Ao sair para cumprir o prometido, deu um salto nervoso. Lazzaro em pessoa passava e olhou de cara feia ao ser chamado.

– É Antonia... – Voltando para o quarto, constrangida, Caitlyn sentou-se e tomou seu detestável chá enquanto Lazzaro atendia o telefonema que, obviamente, vinha evitando.

– Fantástico! – Pelo menos uma vez a voz usualmente tensa soou efusiva. – Você já contou a ela? Ela deve estar animadíssima!

Se Caitlyn fechasse os olhos, se apenas escutasse as palavras, acreditaria nele, poderia quase visualizá-lo fazendo um gesto de vitória ao ouvir a novidade. Só que os olhos de Caitlyn não estavam fechados e ela podia ver Lazzaro, encostado na parede, os ombros curvos, a testa repousando na palma da mão, o perfil rígido, um músculo latejando no rosto.

– Sinto muito, Antonia, mas é uma coisa atrás da outra. Vamos ficar presos aqui hoje e quase o dia inteiro amanhã. De qualquer modo, Malvolio está aí. Eu vou comprar este campo de golfe. Parece prudente pelo menos tentar. Visitarei você assim que puder e aviso...

Caitlyn o viu cerrar o punho, observou o pouco de cor em seu rosto literalmente sumir. O pomo-de-adão moveu-se umas duas vezes antes de ele conseguir continuar.

– Como está mamãe? – Fechou os olhos, passou a mão nos cabelos e inspirou fundo. – Claro que espero vê-los. Só depende de quando iremos a Roma. Estou contente de você ter posto esse nome nele. Não, sério. Está tudo bem agora...

Por um segundo a voz vacilou, e a dor era tão evidente, tão profunda sua infelicidade, que Caitlyn precisou se conter para não se aproximar. Precisou, literalmente, se impedir de ir até ele, retirar-lhe o telefone da mão e dizer a Antonia que ele ligaria depois.

Mas Lazzaro se recobrou rapidamente, acenando e se forçando a prosseguir, a voz animada ocultando seu estado real.

– Luca ficaria muito orgulhoso.

– Um menino?

Ele não a olhou, apenas desligou o telefone e observou o cair da noite pela janela. Ela arrependeu-se de ter atendido o telefonema, de ele ter atendido o telefone na frente dela. Ela sabia ser essa uma reação que ele não gostaria que ela visse.

– Eles lhe deram o nome de Luca.

O natural seria felicitá-lo. Mas o instinto avisou para não fazê-lo.

– Como meu irmão gêmeo... – Ele virou-se o suficiente para fitá-la, os olhos fixos nos seus, quase acusatórios, e de repente Caitlyn ficou nervosa. – Você o conheceu?

– Como eu poderia ter conhecido Luca? – balbuciou ela, sem saber por que corava, se sentindo culpada quando não fizera nada de errado, embora ele a olhasse como se ela tivesse feito.

– Quando você estava estagiando, é claro.

Ele franziu os olhos.

– Você achou que eu podia estar me referindo a outra ocasião?

Será que ele sabia que Roxanne era sua prima? Caitlyn sentiu o suor brotar em sua testa, e apesar da massagem que a tornara praticamente inconsciente, e apesar da massagem com óleo de lavanda, cada músculo de seu corpo ficou tenso.

– Não sei... – Esboçou um dar de ombros. – Não, nunca o encontrei. Olha, quer que eu contrate o transporte?

Ela tentava agir normalmente, profissionalmente, tentando fazer o que uma eficiente assistente faria, dadas as circunstâncias.

– Se tomarmos um helicóptero...

– Amanhã. – Lazzaro balançou a cabeça. – Tenho muito a fazer aqui.

Ele não entrou em detalhes, pois, como Caitlyn percebeu, não poderia. Mentira para Antonia, e agora ela sabia, com certeza, que ele não viajara com o objetivo de procurar um refúgio para os fins de semanas dos hóspedes. O dia de hoje tinha um único objetivo.

Fuga.

A constatação foi reforçada quando Lazzaro retomou a atitude profissional, pedindo que ela pegasse a pasta e, apesar de seu traje totalmente inadequado, prosseguissem na discussão dos compromissos.

– A viagem para Roma está programada para a próxima semana. Reorganize tudo, será melhor irmos amanhã.

– Mas e sua irmã? – perguntou Caitlyn. – Não quer tirar uma hora para ver...

– Não preciso que organize minha vida pessoal, disso cuido eu – interrompeu-a. – Pode providenciar um presente para o bebê? E flores, é claro...

– Você quer que *eu* compre um presente para seu sobrinho? – Caitlyn tentou disfarçar o tom ligeiramente irônico da voz. Afinal, ele não acabara de dizer que podia cuidar da vida pessoal? – Você tem ideia do que devo comprar?

– Nenhuma – retorquiu Lazzaro. – Bem, é só.

Quando ele se levantou para sair, ela o impediu.

– Lazzaro, posso...?

– Dar uma sugestão? – Olhou-a com desprezo. – Vai sugerir que talvez eu deva comprar o presente para meu sobrinho? Ou que talvez deva adiar minha viagem a Roma para passar um tempo com minha família? Definitivamente, *não* preciso de seus conselhos, Caitlyn.

– Eu não ia dar conselhos. Só ia pedir para devolver meu telefone.

Cada uma das perguntas que brotaram em sua mente, cada pergunta que não ousara verbalizar, Lazzaro havia acabado de responder. Ver aquele homem orgulhoso e forte parecer desajeitado, mesmo que por um segundo, ver o constrangimento estampado em seu rosto quando lhe entregou o telefone, fez com que desejasse conhecê-lo o bastante para perguntar... Desejou poder ajudá-lo, de alguma maneira.

– Eu sei que pode parecer... – A voz dele sumiu, a tentativa voluntária de explicação desapareceu antes de começar. – Você não entende.

– Não entendo mesmo. – Ambos seguravam o telefone, ambos fitavam o objeto inanimado, e nenhum deles o soltava. Ela percebia na voz aparentemente forte, o sofrimento. O medo por trás do tom conciso. – Gostaria de poder dizer a coisa certa.

– Não pode. – Soltando o telefone, enfiou os dedos no cabelo.

Ela achou que ele iria embora sem outra palavra. Sentia a tensão, a indecisão, e concordou quando ele pediu para usar o banheiro.

Sentiu-se mal ao relembrar a conversa com Antonia. Será que conseguira parecer feliz com a novidade? A mãe em breve chegaria, com o novo namorado pelo braço, sem dúvida. Abrindo a torneira, jogou água no rosto, examinando os batons e perfumes que adornavam a bancada. Era mais fácil pensar em qualquer coisa, menos no que lhe ocupava a cabeça. Pílulas anticoncepcionais, pasta de dentes, objetos banais, mas tão deslocados naquele estranho momento.

O bebê Luca chegara, adotando o nome que o inundava de suor e despertar de pesadelos todas as noites. O nome que o levava a se engasgar era o que teria que passar a dizer agora diariamente... Viu as gotas de suor no rosto pálido, sentiu o gosto de bile subindo, não importa quantas vezes lavasse o rosto. Meu Deus, deveria cancelar o jantar? Pela primeira vez, realmente não sabia se conseguiria agir normalmente à noite. Ao mesmo tempo, não queria ficar sozinho.

– Gostaria de ajudar. – Parada na porta aberta do banheiro, caminhou em sua direção, fitando o rosto no espelho. Ele retribuiu o olhar, o que era infinitamente melhor do que se olhar, muito mais fácil concentrar-se na beleza de Caitlyn do que lidar com seus demônios.

Por um momento ela parecera arrojada, mas, quando se voltou, ela, de repente, estava encabulada. Lazzaro ergueu-lhe o queixo encarando-a quando os cílios ergueram-se, e como se a tampa de uma caixa de veludo fosse aberta, duas safiras brilhantes, hipnotizadoras, enfeitiçantes, surgiram.

Os mesmos olhos de Roxanne! O tom idêntico de azul. Droga, por vezes esquecia completamente que ela o usava, na verdade *esquecia* a conversa com Malvolio, na verdade *esquecia* que ela mentira e premeditara entrar em sua vida. Provavelmente mentia e premeditava agora, naquele exato instante, tentando penetrar em seu coração, ocupar seus pensamentos. Justamente agora, quando era tão difícil, tão dolorosamente difícil ficar sozinho.

Quando Luca morreu, jurou nunca mais deixar uma mulher se aproximar, nunca se deixar envolver por uma mulher, como acontecera com o irmão. Mas, fitando Caitlyn, cego por sua beleza, era assustadoramente fácil renegociar consigo mesmo, muito tentador aceitar o consolo de que tanto necessitava, se perder no desejo ao qual resistira desde o momento em que ela voltara a entrar em sua vida.

Eram da mesma tonalidade de azul, só que ele percebia um toque de preto ao redor das íris que o intrigava. Ele nunca fitara os olhos de Roxanne assim, nunca havia mergulhado na vertiginosa piscina de atração, nunca sentira vontade de abaixar a cabeça como agora, em direção a Caitlyn...

Mas jurara que não o faria.

Extremamente concentrado, incrivelmente determinado, nunca precisara se empenhar em ter autocontrole. Trabalhava muito e, quando o tempo lhe permitia, tinha dinheiro e disposição para se divertir. Sua aparência garantia uma incontável *fila* de acompanhantes à altura, sem enfrentar o menor problema de consciência.

Nunca fazia promessas.

Então, qual o problema? Por que a hesitação no momento em que tanto ansiava por se entregar ao esquecimento?

Ela mexia com ele, alterava seu processo mental. Sua imagem invadia-lhe a mente o dia inteiro, e sentia seu perfume mesmo quando ela não se encontrava por perto, enfeitiçando-o, exatamente como Roxanne fizera com Luca.

Essa mulher *podia* virar-lhe a cabeça.

Os lábios dele estavam tão próximos que, caso ela se movesse um único milímetro, eles se tocariam. E ele ainda hesitava. Ainda se debatia. E se a vida era uma série de escolhas, naquele segundo Lazzaro faria uma: ele se *perderia* nela, mergulharia no esquecimento, fazendo amor com ela, se banharia no calor de seu corpo, mas em seus termos. Sabia ser bastante forte para se controlar, para obter apenas o que precisava hoje à noite e nada mais.

– Eu não mordo.

Palavras tolas, talvez, mas na verdade facilitaram as coisas para ele, lembrando-o do tipo de mulher com quem lidava. Não importa o quão suave fosse sua aparência, por dentro era dura como ferro, e o usaria para atingir seus objetivos.

Exatamente como ele a usaria agora.

– Ah, mas eu mordo! – Uma sombra de sorriso suavizou-lhe os lábios, mas não os olhos.

A boca se moveu aquela pequena e deliciosa distância e Caitlyn fechou os olhos, maravilhada com a sensação da carne contra a carne, dos lábios dele finalmente colados aos seus, com a realização do momento sonhado por tanto tempo. As mãos dele seguravam-lhe os ombros, suas bocas se tocavam, e se houvesse no mundo um manual do beijo, ele o havia lido e aprendido a lição. Os lábios dele eram macios, habilidosos, a língua enroscava-se na sua. Por mais perfeito que fosse, apesar de não poder botar defeito, não era *seu* ideal de perfeição.

Sonhos eram perigosos. Sonhos levavam as pessoas a habitar um mundo inexistente, deixavam que se saboreasse e provasse o que nunca se tivera, o que não existia ou podia existir. Por mais perito que fosse o beijo dele, por mais que tentasse se deixar levar, por mais que fechasse os olhos e tentasse apreciar o momento, a realidade não correspondia a seus sonhos.

– Lazzaro. – Ela recuou e sacudiu a cabeça, sabendo que talvez ele interpretasse seu gesto como uma provocação e que poderia dar crédito às vis acusações de Malvolio. Só que ela não podia fingir. Não podia fazer algo que não era certo. – Isso não é...

Ele sentiu o distanciamento antes que ela recuasse. Sabia que a perdera antes que ela se afastasse. Mas seu gosto, seu cheiro, seu toque, o deixaram faminto – faminto por ela todinha. Uma necessidade avassaladora o consumia, cada nervo de seu corpo fazendo exigências que seu dono não podia negar. Ele poderia, disse a si mesmo ao puxá-la e novamente curvar a cabeça. *Era* forte o suficiente, pensou, *poderia* dar um pouquinho mais de si e depois *se afastar.*

Com uma das mãos, segurou-a pela cintura e a puxou contra si, enquanto a outra lhe agarrou o cabelo louro abundante, segurando-lhe a cabeça até ela não poder se mexer. Beijá-la. Beijá-la como deveria ser beijada, como quisera beijá-la desde o segundo em que pusera os olhos nela, a língua a devorá-la, prová-la, sugá-la.

O queixo dele arranhava-lhe a pele, o calor do corpo dele atravessava-lhe o roupão. Ela se sentia afundar nele, moldar-se a ele. O beijo dele, *aquele* beijo, era tudo com que sonhara.

Ele a sufocou com beijos selvagens, urgentes, ardentes, que queimavam lá no fundo, oferecendo satisfação apenas temporária. Cada beijo a deixava mais faminta. As mãos dele seguraram-lhe o traseiro, encaixando a virilha à dela num impulso natural, pois ela também pressionava o corpo ao dele. Ela fechou os olhos quando a boca de Lazzaro beijou-lhe a linha do cabelo, os cílios, quase gritando de prazer, de medo, quando a língua dele explorou-lhe o pescoço. Dessa vez, quando ela se afastou, o motivo era bem diferente – estupidez e inexperiência, coisas inteiramente diversas, e Caitlyn sabia exatamente onde ia parar. Sabia porque seu corpo lhe dizia que pela primeira vez achava tudo absolutamente normal. Nunca sentira nada parecido. E sabia que ele precisava saber.

– Nunca fiz isso antes.

A boca ainda beijava seu pescoço, fazendo sua cabeça girar.

– Fez o quê?

Ela sentiu o bafo quente no pescoço e o calor do rubor espalhou-se ao confessar-lhe a verdade:

– Isso.

– O quê?

Ele havia parado de beijá-la. Do alto olhava para baixo, para o cabelo louro despenteado que, graças à hidratação, parecia molhado, como se ela tivesse acabado de sair do banho. O rosto corou, como se a água estivesse muito quente e a camisola se abrira, revelando um seio macio que ele ansiava por provar.

– Nunca fiz amor antes.

Ela o considerava idiota *a esse ponto*?

Olhos azuis de porcelana o fitavam. Aquela boca carnuda tremia, parecendo pedir mais, e ele se sentiu tentado a silenciá-la com um beijo. Que diabos ela estava planejando?

Pelo amor de Deus, ele havia visto pílulas anticoncepcionais! Além do mais, contara ter terminado um namoro de seis meses. E agora vinha dizer que era virgem?

Poupe-me!

Um comentário mordaz veio-lhe à ponta da língua – qualquer que fosse o jogo que estivesse tramando, seria abruptamente interrompido. Os músculos dos braços dele se retesaram, preparando-se para empurrá-la, mas ele não o fez.

Se ela queria bancar a virgem, se queria fingir que ele era o primeiro, por que impedi-la? A rigor, era mais fácil bloquear os "porquês" e o "como" – mais fácil tomar-lhe a boca, entrar no jogo dela e se perder.

Puxando-a por trás, Lazzaro beijou-lhe a orelha e disse:

– Então, melhor nós irmos devagar!

Tão devagar... O peso da boca na sua agora era menos premente, mais lento, langoroso, mais íntimo, menos intenso, excitando-a e, simultaneamente, aplacando-a, demonstrando-lhe não haver pressa, nenhuma. Então, ela pôde explorá-lo, inalando o cheiro da colônia que não sobrepujava o cheiro másculo de desejo, sentindo a barba por fazer arranhar-lhe a pele, fazendo-a arder de um jeito delicioso. Depois, como sabia aonde isso ia dar, e que nada poderia impedi-la agora, permitiu-se se concentrar no maravilhoso toque da língua dele na sua. A língua brincou, esfregando-se na dela, e também num ponto mais fundo, excitando-a lentamente, e a crescente excitação em suas entranhas dançou como se manipulada por fios de marionete que ele coordenasse com a boca.

Lazzaro enfiou as mãos sob a camisola, emitindo um gemido que ecoou nas bocas unidas ao encontrar os seios sedosos e macios, banhados de óleo. Ele os segurou nas palmas das mãos como frutos maduros, depois esfregou os mamilos com os dedos. O roupão caiu quando ele a deitou na cama, a boca descendo decisivamente, e Caitlyn sentiu o coração pulsar mais forte de tanto nervosismo e, depois, voltar ao ritmo normal quando ela, momentaneamente, relaxou ao lembrar-se de ainda estar de calcinha.

Lazzaro não tinha pressa em tirá-las, mas beijava-lhe a barriga como beijara a boca, e prosseguia com a língua, os dedos brincando com sua calcinha e pararam de pronto. Ela quase soluçou, na expectativa do que estava por vir. A provocação da língua sobre o tecido, a barba roçando-lhe as coxas, os dentes na renda, fizeram Caitlyn se contorcer num frêmito graças às mãos habilidosas e à língua dele se movendo. Mas ela não podia relaxar, não conseguia se entregar e aproveitar, pois se ele não parasse em breve... Ela sentia o ar preso nos pulmões, o pânico aumentar. Por que, se ele não parasse, não lhe desse um segundo para reassumir o controle...

Empurrou-lhe os ombros, mas ele não a deixava escapar. Os ombros permaneciam imóveis, apesar da pressão de suas mãos. As mãos *dele* seguraram-lhe as nádegas com força e a boca pressionou a carne intumescida. A língua entrara em sua calcinha, os lábios comprimindo seu sexo, provando-a, sugando-a, causando-lhe frenesi, e sua própria imaginação era uma pálida substituta da realidade. A satisfação com que sonhara não era nada, absolutamente *nada* comparada àquilo. Sem cessar, ele a lambia, e sua garganta se contraía, emitindo súplicas, um soluço subindo-lhe pela garganta.

– Não... – Ele sussurrou, e por um segundo parou, por um segundo apenas ele ergueu a cabeça...

Instantaneamente, ela fez a pergunta que pairava em sua mente confusa:

– Não fazer o quê?

Mas quando ele voltou a mergulhar a cabeça, a boca de Lazzaro afastou a calcinha molhada, a língua atingindo aquele ponto delicioso, macio e úmido, ela se entregou ao prazer da carne, fechando as coxas, o traseiro elevando-se ao encontro da boca faminta. As mãos dela não mais seguravam os ombros dele, estavam enfiadas em seus cabelos. Os lábios íntimos beijavam-no com um latejar faminto que ele saboreou, num orgasmo que parecia não ter fim, e ela quase implorou para ele não parar. Quando finalmente atingiu o clímax, quando tudo que desejava era enroscar-se e se recobrar, ele se inclinou, sorrindo para ela.

– Certo... – A voz e a respiração dele estáveis, a expressão do rosto totalmente impassível, embora houvesse um brilho perigoso nos olhos ao observar seu estado. – Então, vamos começar...

Droga!, foi tudo o que pensou quando a voz baixa tirou-a da fila e a levou para a montanha russa. Ela acabara de ter o mais incrível orgasmo da vida, e Lazzaro ainda nem a levara ao topo!

Céus, ela era maravilhosa... Amante atencioso, Lazzaro sentia prazer em dar prazer, não por obrigação, e sim por adorar mulheres, senti-las vivas, vibrando em suas mãos, em seus lábios. Mas o cheiro doce da pele, o gosto em sua língua, os gemidos de prazer saindo-lhe da garganta, alteravam seu desempenho, aparentemente generoso, e ameaçavam sua reputação.

Deitando-se a seu lado, as bocas coladas, sentindo as mãos inexperientes lhe acariciarem o peito enquanto se beijavam, explorando-o, movendo-se em círculos leves como pluma, Lazzaro sabia que não aguentaria um minuto dentro dela. E queria desesperadamente penetrá-la. Lambendo-lhe o pescoço, os lábios sugavam a carne macia enquanto a mão descia ao local onde antes estivera sua boca. A palma da mão segurou o monte macio e ele enfiou o dedo no espaço quente e molhado. Mordendo-lhe o pescoço, sentiu prazer com o prazer dela, sentiu-a amolecer debaixo dele. Sua ereção roçava as coxas de Caitlyn, preparando-se para encontrar o caminho, esfregando-se nela, provocando-a, massageando-a, tentando-a, até que partiu dela a decisão de se deixar penetrar.

Ela o guiou; depois, Lazzaro entrou e saiu, devagar, olhando dentro de seus olhos ao se mover, monitorando-lhe a reação, excitando-a ao oferecer-lhe apenas um pouco, até seu corpo implorar por mais. A cada movimento o corpo de Caitlyn se acomodava à nova sensação; com controladas e certeiras investidas, ele se conteve até ela querer mais, até ela querer tudo: o peso sobre seu corpo, a sensação de tê-lo bem no fundo dela queimando-lhe as entranhas. Cada nervo de seu corpo debatia-se contra o prazer, pois alguns prazeres eram simplesmente demais. Ela, sempre tão controlada, estava prestes a se abandonar.

– Não.

Ele voltou a repetir a mesma palavra enquanto ela lutava consigo mesma. Ela via os ombros acima dela, olhou para baixo onde ele entrava e foi a coisa mais erótica que já vira, a virilidade movendo-se para dentro dela. Só que, dessa vez, ele terminou o que lhe sussurrava ao ouvido quando ela soltou um grito.

– Não se reprima.

– Como você se reprime? – gemeu Caitlyn, fitando aquelas piscinas escuras e nelas mergulhando. Porque ele não poderia exigir tudo dela se não se entregasse por inteiro, e ela sentia seu autocontrole, embora isso fosse para ela uma bênção.

Entreolharam-se quando foram juntos, compartilhando cada contração, cada pulsação. Um grito escapou-lhe, enterrando as unhas nos ombros dele, a boca sugando o suor salgado do peito quando ela o sentiu contorcer-se dentro dela, os corpos molhados esfregando-se, atingindo o orgasmo.

– O que está fazendo comigo? – Ele ainda gozava, assim como ela, e chegava a doer dar-se tanto. Quase o odiou por despertar tal reação nela com tamanha facilidade, odiou-o por fazê-la desejá-lo tanto, por ser o único homem ao qual era incapaz de resistir.

* * *

– Eu disse a você...

Deitados na cama, Lazzaro brincava com o cabelo de Caitlyn, que se perguntava se ele estava prestes a se levantar e sair quando lhe ouviu a voz profunda.

– Eu disse a você hoje de manhã que seria maravilhoso.

E tinha sido? Ela queria se assegurar. *Ou estaria apenas falando por falar?* Havia sido maravilhoso para ela, mas lembrar-se das beldades com quem ele saíra não contribuía em nada para sua autoestima.

Ela fez o possível para dar um sorriso sofisticado.

– Você disse! – Mas ela não conseguiria manter a pose por muito tempo. – Então, o que fazemos agora? – Olhos frenéticos voltaram-se para ele. – Quero dizer, não é muito profissional...

– Quem disse isso?

– Todo mundo diz.

– Ouça apenas o que eu digo. Eu sou o chefe; eu dito as regras. – Notou que as palavras em nada a tranquilizaram. – Seremos discretos. Obviamente, não podemos tornar nossa situação pública. Você é minha assistente e seria muito estranho, sob todos os aspectos, se as pessoas soubessem que somos...

Ele não terminou. Ela gostaria que ele o fizesse. Eles eram *o quê*?

Caitlyn gostaria de perguntar, mas não teve coragem.

– Seja discreta. – Ele beijou-lhe a ponta do nariz. – Agora vá dormir.

Ele continuou a abraçá-la. Ela desviou o rosto, esperando que ele afastasse os lençóis amassados, se vestisse e fosse embora.

Ela não conseguia suportar nem mais um instante.

– Você vai ficar?

– Por quê? Tem outros planos?

– É que... – Ela fitou o teto, os pensamentos embaralhados quando ele sorriu e a fitou. – Bem, na verdade estou morta de fome. E prometi a mim mesma dormir todas as noites com meus fones de ouvido. Estou fazendo aquele curso intensivo de italiano...

Ele a interrompeu, curvou-se e pegou o telefone. E embora tivesse reclamado das opções do cardápio, nunca comera um clube-sanduíche e tomara um champanhe gelado na cama tão gostosos...

Outro dia, Caitlyn refletiu. Quem precisava de fones de ouvido quando ela tinha um professor particular? Seu amante latino, sussurrando a noite inteira em seus ouvidos e ensinando-lhe palavras que estava certa não seriam adequadas em nenhuma reunião.

CAPÍTULO 6

Era muito bom acordar com ele.

Não que tivessem dormido muito... A inexperiência de Caitlyn passara a ser uma vaga lembrança de manhã, quando Lazzaro dera uma aula e tanto sobre fazer amor. Um curso intensivo, de fato, e ela era uma aluna aplicada, totalmente devotada a seu recém-descoberto conhecimento e incrivelmente disposta a colocá-lo em prática!

Mas deitada, observando-o dormir – observando o rosto normalmente severo, aquele corpo tenso pela primeira vez relaxado a seu lado –, nunca o achara mais lindo. A cicatriz acrescentava mistério, embora por vezes a confundisse. Ele não era vaidoso, levava dois minutos para tomar banho e se arrumar, mas para um homem tão rico poderia, com certeza, ter feito... Caitlyn observou atentamente a cicatriz dentada. Viu o local das suturas e ficou tentada a tocá-la, tocar-lhe a dor e, de alguma forma, aliviá-la.

Quando o telefone tocou, os olhos negros encontraram os olhos azuis sorridentes.

– Bom dia. – Ela inclinou-se para beijá-lo, sem pudor, após as intimidades da noite anterior. Embora sua inexperiência em fazer amor fosse um assunto resolvido, ainda era ingênua em outras áreas. Confiara nele a noite passada e assumira continuar a confiar pela manhã, entregara-lhe o coração, e tendo dormido em seus braços, nunca considerara a possibilidade de que ele ser-lhe-ia devolvido à luz do dia.

– Deixe-me ver quem é...

Caitlyn já vira *Bonita* no visor. Sua única esperança era ele decidir não atender.

– Devemos nos aprontar. – Ele não retribuiu o beijo, não tentou fingir nem por um segundo. Afastou os lençóis e saiu da cama quente. – Encontro você lá embaixo para o café da manhã.

– Lazzaro? – Observou os ombros se retesarem diante do tom inquisitório da voz, e soube, pois agora era indiscutível, que as intimidades da noite não se repetiriam durante o dia. Aprendendo rápido e odiando o jogo ao qual se sujeitava, ocultou qualquer sombra de decepção na voz. – Desço em vinte minutos.

Ele era bem mais arrojado do que ela jamais ousaria ser. Nem se deu ao trabalho de vestir a roupa. Simplesmente enrolou uma toalha na cintura, pegou as roupas e dirigiu-se ao quarto dele para tomar banho e se vestir, deixando Caitlyn deitada, soprando a franja e tentando conter o choro, determinada a não lhe dar a satisfação de ver suas lágrimas.

Sciocco! Sciocco!

A palavra martelava-lhe a cabeça enquanto tomava banho, pulsando em suas têmporas ao descer para o café da manhã.

Idiota! Idiota por se esquecer quem ela era, e ele *esquecera*.

Abraçara-a, beijara-a, fizera amor com ela, se perdera nela, perdera o juízo... Por poucas benditas horas esquecera tudo: Luca, Antonia, o bebê, Malvolio...

O rosto de Lazzaro contraiu-se.

Ela mentira para ele, ainda não lhe contara ser prima de Roxanne, e quanto a ser virgem...

Lazzaro fez sinal para a garçonete e estendeu a xícara para que a enchesse novamente.

Bem, ela ganhara esse *round*, mas o jogo não terminara, não agiria novamente como um tolo.

– Bom dia! – O rosto impassível não se alterou quando ela chegou à sala de refeições. Totalmente profissional como de hábito, ele verificava a agenda e digitava no *laptop* quando uma desorientada Caitlyn serviu o café com mão trêmula e pegou um *croissant*.

– Jeremy vai levá-la de volta a Melbourne. Ainda quero finalizar alguns detalhes aqui e volto de helicóptero. Também preciso checar algumas coisas no escritório.

– Mudei a data de nosso voo. – Ela conseguiu soar eficiente. – Nosso voo para Roma sai às 10 horas, portanto, precisamos estar às 8 horas no aeroporto. Quer que o encontre no escritório?

Lazzaro sacudiu negativamente a cabeça.

– Compre um presente para minha irmã e tire o dia para preparar sua mala, pagar suas contas, sei lá...

Então ele *reconhecia* que ela tinha vida própria? Grande conforto, quando sabia que ele estava querendo se livrar dela.

– Jeremy e eu pegaremos você por volta das 6h30. Podemos dar uma passada no hospital a caminho do aeroporto.

– Ótimo.

Ele a observou mexer no pãozinho; percebeu a perplexidade em seus olhos e se zangou. Que diabos ela esperava? Café da manhã na cama?

– LAZZARO!

O cumprimento vibrante de Antonia pegou os dois desprevenidos.

Caitlyn esperaria na suntuosa sala de espera da maternidade, cuidando de umas anotações enquanto Lazzaro visitava a irmã antes de rumarem para o aeroporto. A rigor, o único motivo de Caitlyn não ter permanecido no carro com o motorista era por saber que Malvolio estava no hotel e não haveria a menor chance de encontrar com ele. Parecendo radiante, empurrando um carrinho pelo corredor atapetado do berçário para o quarto, foi Antonia quem os cumprimentou.

– Que bom ver você. Olha seu sobrinho!

– Você não devia estar na cama? – Lazzaro franziu a testa, sem sequer espiar o bebê.

– Fui buscar Luca no berçário.

– Isso não é tarefa das enfermeiras? – perguntou ele.

Antonia riu.

– Então, o que achou de seu novo sobrinho?

Caso se tratasse de outra pessoa, *qualquer* uma, Caitlyn não resistiria a olhar o recém-nascido no carrinho. Mas, com os olhos pregados em Lazzaro, analisava cada esboço de reação. Ele abaixou o olhar e ela notou o sofrimento estampado em seu rosto. Embora sorrisse, viu o pomo-de-adão mover-se quando ele engoliu em seco, ainda olhando o bebê.

– Ele é lindo... – A voz era baixa, mas rude; os punhos fechados, como se se contivesse para não tocá-lo.

Parecia tão perdido que Caitlyn se sentiu compelida a conter os próprios instintos de entrelaçar os dedos aos dele, para apoiá-lo naquele momento difícil, só que isso não fazia parte do estranho livro de regras dele, lembrou-se. Discrição era a palavra-chave, e qualquer comunicação fora dos lençóis, um tabu.

– Mamãe disse que ele é igualzinho a você e a Luca quando nasceram. – Antonia também observava Lazzaro, seu rosto gentil e abatido demonstrava preocupação, e Caitlyn compadeceu-se dela. Sabia que a situação da mesma forma devia ser quase intolerável para ela.

– Onde está Marianna? – Lazzaro desviou os olhos do recém-nascido. – Malvolio disse que ela estava com você no hospital.

– Ela está com mamãe. Entre.

– Ela já chegou? – Lazzaro nem tentou dissimular a nota de consternação na voz – Mas como?

– Ela pegou um avião tão logo soube que eu entrei em trabalho de parto. Se tivesse atendido o telefone, também seria informado algumas horas antes. Marco veio com ela.

– Marco? – Lazzaro cerrou o cenho.

– O namorado dela.

– Um garoto – ele disse em tom de deboche, mas Antonia não prestou atenção.

– Venha cumprimentá-los também. Não há motivo para ficar na sala de espera. Quanto mais gente, mais animação – disse a Caitlyn.

Caitlyn estava prestes a educadamente declinar do convite, certa de que sua presença seria a última coisa que Lazzaro desejaria naquele encontro familiar íntimo, mas antes de as palavras se formarem em seus lábios, Lazzaro acenou.

– Venha! – ordenou ele, em sua usual maneira espartana, mas agiu muito estranhamente.

Segurou-lhe o cotovelo e a guiou, junto com Antonia. Apesar de Lazzaro a segurar, de alguma maneira Caitlyn sabia ser o oposto, era ela quem o apoiava, e embora o bom senso prevalecesse, dizendo que ele estava apenas sendo educado, de alguma forma ela sabia que não era isso.

Lazzaro não *bancava* o bem-educado.

Ao entrar no quarto de Antonia, ele dirigiu-se à mãe, beijou-a e cumprimentou-a em italiano. Ignorou Marco e deixou Caitlyn perdida.

– Obrigada pelas flores. – Antonia sorriu para Caitlyn enquanto abria o presente. – E obrigada por estes... – Sorriu ao ver o olhar ligeiramente perplexo. – Lazzaro nunca diria palavras tão comoventes nem escolheria algo tão lindo. – Ergueu a roupinha minúscula cuidadosamente escolhida por Caitlyn e o chocalho de prata.

– Como não? *Também* tenho crédito – retorquiu Lazzaro com um meio sorriso. – Escolho meu pessoal com muito cuidado.

Embora Antonia se esforçasse por incluir Caitlyn, a mãe a ignorou, obviamente acostumada a ignorar os empregados. Conversavam em italiano. Marco balançava a pequena Marianna no joelho e a *nona* pegou o neto adormecido no colo. E embora tivesse passado a última semana dormindo com *Aprenda Italiano em Sete Dias* nos ouvidos, Caitlyn não entendia uma palavra da exuberante língua.

Entretanto, nenhum conhecimento de italiano era necessário para compreender o que a mãe de Lazzaro dizia ao estender os braços e oferecer o bebê para o filho segurá-lo.

– *Desiderate tenere il bambino?*

– *Non posso.* – Lazzaro sacudiu a cabeça. – Não posso. Precisamos ir para o aeroporto...

– Com certeza, pode pegá-lo um pouco – insistiu Antonia e, embora sorrisse, Caitlyn viu o brilho das lágrimas quando Lazzaro permaneceu distante.

– Precisamos ir, há nevoeiro na Europa e todos os voos estão fora do horário. Realmente precisamos ir embora.

– Você gosta do meu irmãozinho? – Os olhos de Marianna, pretos como os do tio, mas bem mais confiantes, surpreenderam Caitlyn.

– Ele é lindo. – Caitlyn sorriu. – Como a irmã mais velha!

– Ele tem o mesmo nome do meu tio que morreu.

E nenhum inverno gelado europeu se igualava à súbita descida de temperatura no ambiente aquecido da maternidade.

– Vamos. – Lazzaro quebrou o apavorante silêncio, mas a simples palavra abriu as portas da represa.

A mãe adiantou-se, falando rápido em italiano, e quando o bebê começou a chorar, querendo mamar, Marianna também começou a chorar, insegura com a chegada do novo irmão e com a partida do tio.

E o mesmo fez Antonia. E seus apelos chorosos para que o irmão atendesse ao pedido da mãe e concedesse cinco minutos de seu tempo finalmente convenceram Lazzaro. Um acenar tenso e um dar de ombros pareciam significar não ser esse o problema, obviamente, gostava da companhia delas. Depois, outro breve aceno diante de uma frase da mãe.

– Vamos tomar um café. – Lazzaro sorriu para a irmã. – Você dá de mamar para o bebê, nós levamos Marianna e depois eu volto para me despedir. – Olhou de relance para Caitlyn. – Encontre-me no carro em meia hora.

Durante o curto período em que trabalhava com ele, esperar na recepção ou no carro, conversando com o motorista, era um hábito, enquanto Lazzaro tomava vinho e comia em almoços de negócios. Sua presença periférica era necessária, caso ele precisasse que ela obtivesse algum dado no *laptop* ou, isso ela ainda não conseguia entender, comprasse pastilhas de hortelã!

Contudo, ser deixada sozinha com a irmã dele não era normal. O que era terrivelmente desconcertante era fingir não ter percebido nada anormal e dar-lhe um sorriso e cumprimentos forçados ao voltar-se para sair. Mas o soluço abafado de Antonia quando Caitlyn chegou à porta era de cortar o coração e, não obstante fosse ou não a assistente de Lazzaro, não passasse de uma estranha, era mulher, e poucas mulheres poderiam ignorar alguém em tamanho desespero.

– Sinto muito... – Antonia soluçou quando Caitlyn se aproximou, lágrimas respingando no bebê, que choramingava, a infelicidade da mãe fazendo com que o bebê chorasse ainda mais. – Estou afetando Luca...

– Tome...

Retirou lenços de papel da mesinha de cabeceira e entregou-os à mulher triste. Quando ficou claro ser necessário mais do que lenços de papel, Caitlyn tirou o bebê dos braços de Antonia e o embalou, tentando acalmá-lo enquanto a mãe soluçava.

– Tudo está desmoronando... – Antonia parecia inconsolável. – Achei que com um novo filho, se todos estivéssemos juntos, talvez pudéssemos nos acertar... – As lágrimas diminuíam, mas o desespero permanecia igual. – Nunca vai melhorar, vai?

– Claro que sim. – Caitlyn tentou acalmá-la, sem êxito. – Isso leva tempo.

– Já faz mais de dois anos! – soluçou. – Dois anos sofrendo a perda de um irmão e vendo o outro desaparecer. Antes de Luca morrer, tiveram uma briga terrível. Lazzaro confrontou-o. Luca devia a Deus e ao mundo, jogava dinheiro fora como se fosse água, perdera completamente o controle...

– Eu sei... – Caitlyn acenou a cabeça. E sabia, não apenas pelos comentários de Roxanne. Lia os jornais da época e via os jornalistas apresentarem no noticiário da noite as novas descobertas apresentadas pelo tribunal. – Mas Lazzaro não poderia adivinhar o que estava por vir...

E não podia mesmo, raciocinou Caitlyn. Não poderia supor que Luca, depois da discussão, entraria num bar, encheria a cara e que as consequências seriam inevitáveis ao pegar o volante e ligar a ignição.

– Foi culpa de Lazzaro – explodiu Antonia entre soluços. – Por quê? *Por que* ele fez aquilo? – Antonia se interrompeu tão abruptamente quanto havia começado, fitando Caitlyn com olhos suplicantes.

– Você mesma disse, ele *precisava...* – tentou argumentar. Mas quando Antonia, horrorizada, levou a mão trêmula na boca e fechou os olhos, pressentiu que a outra dissera mais do que pretendia e que ela, Caitlyn, não deveria ter ouvido o que acabara de ouvir. – O que aconteceu, Antonia?

– Não posso contar...

Dava pena olhá-la. A mulher, supostamente, tinha tudo, dinheiro, beleza, um marido apaixonado, filhos lindos... Caitlyn solidarizou-se com ela. Caso Antonia soubesse ou não, seu mundo realmente estava desabando.

– Receio por meu irmão, receio que ele acabe trilhando o mesmo caminho de Luca.

– Lazzaro não joga – Caitlyn tranquilizou-a –, e quase nunca bebe. Lazzaro...

– Está vivendo em um inferno – concluiu Antonia. – Cuide dele... Está trabalhando com ele, mais próxima do que a própria família. – Caitlyn devolveu-lhe o pequeno Luca. – Só estou pedindo que cuide dele.

– Acho que Lazzaro não aprovaria. – Caitlyn deu um sorriso vacilante. Não podia misturar a vida profissional à pessoal. Ele era seu chefe, nada mais. Não podia se esquecer disso. Precisava manter a postura profissional e distante sempre e, mesmo quando ele a beijava, precisava, de algum modo, ter em mente ser apenas um beijo, nada mais, que mesmo que ele a tivesse abraçado na noite anterior, a dispensaria pela manhã.

Será que poderia?, questionou-se ao se despedir de Antonia e cruzar o corredor do hospital. Poderia realmente deixar a vida de lado e priorizar a dele? Apaixonar-se ainda mais por ele para no fim ir embora? Pois, de algum modo, mesmo quando ele era abominável, quanto mais o via, mais o desejava e, quanto mais ele lhe dava, mais agradecida recebia. Mas e depois?

O que aconteceria quando exigisse mais? Ele a dispensaria, como fizera com Jenna? Agora era Caitlyn quem, de repente, estava à beira das lágrimas.

Quando ele se cansasse, quando ela tivesse servido a seus propósitos ou ousasse fazer uma exigência, seria o fim. Teria que esquecer a fantasia e se recobrar do primeiro amor.

– O que *você* está fazendo aqui?

A voz de Malvolio a sobressaltou e seus olhos percorreram o corredor, o coração batendo aceleradamente, pois era o primeiro encontro desde que ele tentara beijá-la.

– Lazzaro veio visitar a irmã.

– Não estou falando de Lazzaro – Malvolio sibilou. – Fique longe de minha família, entendeu?

Ela anuiu com a cabeça baixa e rapidamente se afastou. Mas Malvolio ainda não terminara.

– Ah! Caitlyn, você pode achar que vai se dar bem com suas roupas elegantes e seu cargo importante, mas deixe-me contar uma coisinha sobre meu cunhado. – Ela continuou andando, recusando-se a olhar para trás, mas a voz sinistra continuou a persegui-la. – Ele não se interessa por ninguém, nem pela própria família. Quando ele se encher de você, quando você tiver satisfeito seus objetivos, ele vai cuspir você junto com os caroços.

O ROSTO de Lazzaro estava sério quando finalmente chegou ao carro. Ao entrar, nem se deu a trabalho de dizer "Oi", apenas disse a Jeremy para dar a partida.

– Está tudo bem? – Ele finalmente dignou-se a encará-la.

– Ótimo! – Os olhos lacrimosos de Caitlyn encontraram os dele e foi impossível fitá-lo por muito tempo. – E com você?

– Ótimo – retorquiu. – Não podia estar melhor.

CAPÍTULO 7

FIZERAM O *check-in,* passaram pela alfândega e embarcaram a tempo. A viagem transcorreu perfeita, apesar do estresse dividindo com eles a primeira classe.

Quando eles atravessavam os fusos horários, Caitlyn fez uma brincadeira com o céu escuro, convencendo-se de que o dia que começaria tão perfeitamente continuaria assim e terminaria ainda melhor; que ele acabaria por fitá-la e sorrir, satisfeito pelo fato de o universo dar-lhe algumas horas extras. Só que Lazzaro não as usou sabiamente. Mal trocaram uma palavra quando desembarcaram, passaram pela alfândega e saíram do aeroporto na manhã congelada.

Congelada!

Os invernos de Melbourne não eram exatamente quentes, mas pareciam positivamente tropicais comparados àquele. A respiração soltava nuvens brancas, os dentes tiritavam enquanto eles se dirigiam ao carro, saltitando como um cachorrinho abandonado, buscando atrair a atenção do dono, enquanto o motorista guardava as malas.

Mas nada, nem o mau humor de Lazzaro, nem a discussão com Malvolio, podia ofuscar a beleza de Roma, quando o elegante Mercedes preto os conduziu em alta velocidade pela cidade antiga. Ela desejava pedir ao motorista para diminuir a velocidade, precisou conter um grito quando o Coliseu apareceu.

– Ele fica mesmo em Roma... – Ela revirou os olhos diante do olhar crítico de Lazzaro. – Bem no meio. – Pressionando o nariz contra a janela, naquele momento Caitlyn não ligava a mínima para o mau humor dele, para *seu* mau humor ou para o que acontecia, ou no que ia dar. Estava em Roma – *em Roma* – e era lindo. As pessoas eram lindas. Mulheres incrivelmente bem-vestidas, usando xales nas ruas pavimentadas. Homens elegantes, com longos casacos... Sem se importar com o que Lazzaro pensasse, abriu a janela. Por um segundo, fechou os olhos por causa do vento gelado e logo os abriu, para assistir a um festival de barulho. Lambretas ziguezagueavam pelo trânsito pesado, motoristas gritavam e xingavam, nunca vira tanta gente. A hora do *rush* em Melbourne parecia um passeio dominical no parque, comparado a isso.

– Feche a janela – ordenou Lazzaro. – Faz frio.

– E como! – Apertou o botão, bloqueando o barulho. Por um segundo, um único desafiante segundo, ela o encarou e emitiu sua opinião. – Talvez esteja mais quente lá fora!

Ao saltar do carro, Caitlyn se deu conta de que havia hotéis cinco estrelas e *hotéis cinco estrelas*. Pesadas portas giratórias douradas levavam a um imponente saguão. Caitlyn não sabia se olhava para cima ou para baixo. Pilastras de mármore elevavam-se até o magnífico teto de cúpula alta, um candelabro, sem dúvida, do tamanho do jardim de Caitlyn, e tapetes grossos, sofisticados, espalhavam-se pelo piso de mármore preto e branco. A beleza do ambiente só era superada pela dos hóspedes.

O Hotel Ranaldi de Roma era, evidentemente, a joia da coroa dos Ranaldi.

O mau humor de Lazzaro não tinha apenas Caitlyn como alvo. Depois de tomar banho rapidamente e mudar de roupa, com menos de um segundo para examinar sua suíte deslumbrante, ouviu uma batida insistente na porta, e o trabalho começou. Lazzaro teve reuniões com sua equipe ao longo do dia e achou defeito em tudo, desde a comida e a seleção de vinhos da adega a um infeliz mensageiro cuja camisa não estava apropriadamente dentro da calça. Ele perambulou pelo lugar, com pose de dono, e todos tremiam de medo à sua passagem, e Caitlyn o seguiu. Na verdade, na hora em que o elevador antigo a levou ao quarto, naquela noite, não foi a primeira vez, desde que assumira o cargo de assistente de Lazzaro, que só sentia uma coisa: exaustão... e não apenas física.

A rejeição, o cruel desprezo, ferira o íntimo de seu ser, mesmo assim não houvera ocasião para remoer o sentimento, tempo para processá-lo, para se recolher e lamber as feridas.

Até agora! Só que agora ela estava muito cansada.

Não havia os modernos cartões magnéticos. Abriu a porta com uma chave mais velha que o tempo e, aliviada, fechou-a, deixando para trás o dia mais longo de sua vida.

Os olhos cansados observaram a suíte: a vibrante mistura de dourados e vermelhos que funcionava com perfeição, os elaborados arranjos florais, as cortinas brancas nas enormes janelas. O quarto era tão imenso que mesmo a larga cama de nogueira não sobressaía, mas era a única coisa que lhe atraía a atenção. Sem se importar em tirar a maquiagem, Caitlyn jogou as roupas no chão, escovou os dentes e se atirou na cama, tentando reunir forças para pedir a chamada para despertar.

Ela suspirou ao ouvir a leve batida na porta, preferindo ignorá-la. Mal fechara os olhos quando a camareira entrou – sem dúvida, para arrumar a cama para a noite.

– Caitlyn... – Embora soando suavemente, seu nome na boca de Lazzaro a sobressaltou.

– Que diabos está fazendo aqui? – Sentando-se ereta, enrolou-se no lençol, sem acreditar em tanta audácia. – Não me diga que tem uma chave mestra.

– Você não trancou a porta – comentou ele, sentando-se na cama ao lado dela, em meio à escuridão. – Preste atenção...

– Não! – Sem aguardar o que ele tinha a dizer, sacudiu a cabeça. – Sei que são apenas 19h, que você me avisou que estaríamos muito ocupados e, provavelmente, você tem um milhão de coisas para fazer esta noite e um milhão de pessoas que deseja encontrar...

– Só uma.

– Por favor – disse Caitlyn, sem ao menos tentar esconder o tom de preocupação da voz – Não consegue cuidar das coisas sem mim, pelo menos desta vez?

– Provavelmente – comentou Lazzaro, os dedos movendo-se pelo lençol, a respiração quente em seu rosto. Caitlyn

se deu conta de que ele não estava ali por causa do trabalho.
– Só que não seria nem um pouco bom!

Sua resposta depravada despertou-lhe um sorriso chocado, e Lazzaro curvou-se, sua boca buscando a de Caitlyn. Mas ela recuou.

– Não! – queixou-se. – Você foi grosseiro o dia inteiro.

– Eu estava a trabalho. – Ele beijava-lhe o rosto, as mãos prendendo-lhe os braços.

Transbordando de desprezo e desejo, ela tentou resistir, mas ele tinha o poder de deixar sua mente enevoada.

– Não foi só no trabalho. – Ele a beijava lentamente, a boca impedindo de falar, mas ela voltou a recuar. – Você me ignorou...

– Não a estou ignorando agora... – sussurrou ele, a boca colada a seu pescoço. – Caitlyn, por favor. Esse dia infernal parecia não ter fim...

Nua debaixo das cobertas, o corpo dela implorava para não fazer mais perguntas. Ele estava ali, a tinha procurado, de algum modo, precisava dela aquela noite, e isso deveria ser o suficiente para eliminar perguntas e preocupações. As mãos dele seguraram-lhe o rosto e ele a beijou, dissipando suas dúvidas, e ela gemeu de raiva de si mesma ao lhe tirar o terno.

Podia agir assim? Angustiou-se quando ele a penetrou.

Poderia ser a mulher que ele procurava à noite mesmo sem nada lhe dar pela manhã?

– Sim! – respondeu a si mesma em voz alta, e depois voltou a gemer. – Sim... – balbuciou, enfiando as unhas nos músculos rijos das costas dele quando a penetrou, lágrimas escorrendo de seus olhos quando a levou ao clímax e em seguida tombou em cima dela.

AO FITÁ-LA dormindo, o rosto pálido como o travesseiro ao luar, os cabelos espalhados na fronha, os lábios inchados e os ombros magoados por seus beijos, ele reconhecia ser, ao mesmo tempo, fraco e forte.

Ele jurara não voltar, entretanto, ali estava.

Sciocco.

Não! Lazzaro contraiu o maxilar, ainda estava no controle, jogos eram sua especialidade, tinha mais experiência. Em breve, a pegaria nas próprias mentiras... Mas, por enquanto... Puxando o corpo macio e quente para o seu, sentiu o cabelo dela fazer cócegas em seu peito quando o braço a envolveu. Olhou para o teto quando ouviu a palavra zombando novamente dele.

Sciocco.

Talvez um pouco, concedeu Lazzaro, mas podia lidar com isso, não se permitiria esquecer nem por um segundo estar vivendo uma ilusão.

– TEM QUE ser a melhor... – Lazzaro lançou-lhe um olhar exigente ao se sentarem no escritório dele no sábado e, pela segunda vez, reclamar e devolver a comida ao chefe de cozinha. – Você tem que dar o melhor de si, sempre.

– Bem, meu almoço estava delicioso – disse Caitlyn desafiante. E estava mesmo!

Tomou notas desde as 8h, apesar de uma latejante dor de cabeça como companheira enquanto Lazzaro a bombardeava com suas descobertas. Estalava os dedos como na noite em que se encontraram pela primeira vez, e ela, não correspondendo com a rapidez necessária a seus padrões de exigência, obtinha resmas e mais remas de papel com números de seu laptop.

Ficou muito agradecida quando o almoço foi servido e, ao contrário do *resort* na península, o serviço de quarto do Hotel Ranaldi de Roma fazia qualquer um se sentir no paraíso. Um carrinho tão comprido quanto uma mesa de jantar tinha sido trazido, rangendo ao peso da suntuosa seleção de frios e pãezinhos, frutas suculentas e panquecas, e o café forte e doce havia acabado com sua atroz dor de cabeça. Mesmo assim, ele encontrou motivos para reclamar.

Dando uma dentada na panqueca, saboreando o queijo cremoso e ignorando o inevitável bigode de açúcar, Caitlyn insistiu:

– Isso é mesmo o paraíso.

– Porque *você* não entende nada de paraíso!

Meu Deus, como ele era venenoso! O homem com quem dividira a cama, a quem se entregara à noite, era totalmente diferente do homem que ela mal tolerava durante o dia.

– Hoje à noite vamos checar nosso concorrente.

– Achei que hoje fosse a festa do sr. Mancini.

– E é. Ele continua sendo meu concorrente e vice-versa. Posso garantir que tudo será perfeito, como deve ser. Você precisa se preparar para hoje à noite, seu cabelo está... – Ele a olhou de um modo estranho, irritante.

– Não lavei o cabelo de manhã – ela disse entre os dentes, porque vou prendê-lo para a festa! Não se lava o cabelo no dia em que ele vai ser usado preso, senão ele desaba!

– Obrigado pela informação. – Ele deu um sorrisinho amarelo. – Só ia dizer que você vai chamar a atenção hoje à noite, não há muitas louras naturais em Roma.

– Ah! – Ela tinha quase certeza de que não era *isso* que ele iria dizer, mas, considerando sua reação agressiva, jamais saberia a verdade. – Escolhi um dos vestidos que você mandou, não se preocupe, não vou envergonhá-lo. Então, qual a agenda para o resto do dia?

– Já disse: você vai fazer o cabelo e a maquiagem.

– Mas são 13 horas – argumentou ela. – Não levo seis horas para me aprontar!

Ele franziu o cenho.

– Também precisa fazer as sobrancelhas...

– Desculpe. – Caitlyn corou de raiva com mais esta observação. – Que grosseria!

– Você hoje estará com as pessoas mais ricas, mais lindas de Roma. Portanto, sugiro que comece a se preparar. Só estou lhe dando um conselho...

– Bem, poupe-me de seus conselhos! – retrucou ela. Seu almoço divino pesava no estômago e não foi a primeira vez que ela se perguntou se estava preparada para tal. Se questionou se a hipoteca da mãe realmente valia tanta humilhação. Consolou-se por pelo menos estar começando a perceber a verdade e retirar os óculos cor-de-rosa. – Já que você se permite comentários pessoais... – Ela o fitou, desejando que ele não fosse tão perfeito, tentando encontrar um defeito. Sem sucesso, irritada com a própria infantilidade, inventou um. – Tem uma coisa em seu dente!

– Não tem.

– Tem sim – insistiu. – Um negócio verde grande, bem aqui. – Mostrou no próprio dente. – Só não quero que fique constrangido quando estiver insultando sua equipe!

Ele riu. Sua cabeça pendeu para trás quando ele riu e, o mais irritante, não fez o menor gesto para checar. Talvez fosse melhor assim, refletiu. Porque não havia nada no dente. Sem se controlar, ela também começou a rir.

– Sumiu? – Ele abriu aquele sorriso indolente que mexia com ela por dentro e que a fez ficar mais dócil quando jurara não fazê-lo.

– Sumiu! – concordou ela, pois pelo menos temporariamente sumira. Não o objeto imaginário no dente dele, ambos sabiam, mas a nuvem negra que os engolfara desde que saíram da cama. Ela ficou momentaneamente encantada com o arco-íris de seu sorriso.

– Vá! – disse afetuoso. Na verdade, afetuoso demais... como se a despisse com os olhos, como se a avisasse para sair enquanto era possível. – Curta sua tarde...

Se ela tivesse apanhado a bolsa e ido para a suíte... Mas quando Lazzaro era gentil, ela era ainda mais gentil... Quando Lazzaro a olhava daquele jeito, não encontrava motivos para se retirar.

– Lazzaro...

A voz profunda, rouca, *familiar*, a deixou paralisada. Totalmente despreparada, só conseguiu se sentar quando ele se levantou, pegou a mulher deslumbrante nos braços e a beijou como só os italianos sabem beijar, mas havia ternura, proteção como nunca presenciara antes e, certamente, nunca em relação a ela. Havia uma suavidade em Lazzaro quando ele cumprimentou a mulher que deixou o coração de Caitlyn sangrando.

– Bonita, esta é minha assistente pessoal, Caitlyn Bell. Caitlyn, esta é Bonita Mancini... – De repente, ele sorriu para Caitlyn. – Claro, que tolice a minha. Vocês já se conhecem.

– Nós nos conhecemos? – Caitlyn franziu a testa, bem como Bonita.

– Já nos falamos ao *telefono*, certo?

– É verdade – concordou Caitlyn. Em seguida, voltou-se para Lazzaro: – Na verdade nunca nos encontramos.

– Mas, com certeza, em sua entrevista para o cargo de relações públicas... – Lazzaro continuava a sorrir, mas havia um brilho diabólico em seus olhos. – Ah, desculpe, Caitlyn. Eu não a apresentei direito, entende? Bonita não é apenas a mulher de Alberto Mancini, mas a chefe do departamento de relações públicas. Foi assim que os dois se conheceram, na verdade!

– E ele ainda me faz trabalhar um bocado! – Bonita riu, mas a risada desapareceu quando os olhos, não a testa com botox, foram fechados, intrigados. – Você disse que teve uma entrevista...? – Esforçou-se por lembrar-se, a voz sumindo ao tentar reconhecer Caitlyn.

– Deve ter sido em outra cadeia de hotéis.

Foi Lazzaro quem rompeu o constrangedor silêncio.

– Devo ter me enganado. – Ele podia ter rompido o silêncio, mas nada podia fazer desaparecer o constrangimento, todos sabiam que ele jamais cometia enganos, pelo menos não quando se tratava de trabalho!

– Preciso ir. – Caitlyn forçou um sorriso e pediu desculpas, recuperando-se do choque ao saber que Bonita era Bonita *Mancini*. Olhou para trás uma única vez, a tempo de vê-lo passar o braço em torno de Bonita e puxá-la, a tempo de vê-la recostar a cabeça em seu ombro como se estivesse morrendo de saudades dele.

CAPÍTULO 8

CAITLYN OLHOU seu reflexo no espelho e exclamou em voz alta:

– *Fabulosa!*

E aquele, definitivamente, não era um espelho mágico!

Não havia lugar para a autodepreciação hoje e sim para a autopreservação. E os deuses tinham sido generosos, porque, se algum dia precisasse usar de todos os artifícios para enfrentar Lazzaro, se algum dia precisasse saber que não estava simplesmente bem, mas sim fabulosa – o dia era hoje.

Os cabeleireiros praticamente se engalfinharam para decidir quem cuidaria de seu cabelo, e embora tivesse planejado prender o cabelo, num coque francês clássico, depois de uma taça de champanhe e uma boa lustrada no ego Caitlyn tinha, pela primeira vez na vida, aceitado as sugestões do cabeleireiro. Em vez de um penteado comportado, por que não aproveitar seus dotes naturais? Por que não um penteado com os cachos louros soltos?

E ali estava ela: cachos emoldurando-lhe o rosto, caindo nos ombros, e os olhos irreconhecíveis, depois dos cuidados de um maquilador.

– *Uno o l'altro* – explicava o esteticista examinando-lhe o rosto, e Caitlyn compreendeu que deveria dar destaque aos olhos ou à boca, mas não aos dois.

Venceram os olhos!

Sombra cinza-escura e camadas de delineador e rímel destacavam o brilho azul de seus olhos, um *blush* suave acentuava as maçãs do rosto e nos lábios carnudos apenas um batom sedutoramente neutro. Quanto ao vestido, nenhum vestido preto podia ser menos discreto. Um milhão de pedrinhas de vidro pretas costuradas a mão cobriam cada milímetro do tecido, e o profundo decote do vestido estilo império deixava seu colo à vista. No instante em que o vestiu, sentindo-se culpada pelo prazer que sentia, Caitlyn teve vontade de perguntar se era seu ou apenas emprestado.

Bem, pelo menos hoje à noite era dela.

E pelo menos hoje à noite ela se sentia bastante confiante para lidar com Lazzaro, linda o suficiente para ser o sonho de qualquer homem.

Havia jurado que ele voltaria.

Que o homem amargo, imerso na dor, um dia voltaria a ser o homem que ela conhecera. O coração lhe dizia que o homem por quem se apaixonara estava ali, escondido em algum lugar.

Só que ele não estava.

Lágrimas brilharam em seus olhos quando a porta de seu coração se fechou para ele, para um homem que podia trair um amigo. Pensara nisso o dia inteiro, enquanto era arrumada e embelezada para se tornar digna de entrar de braços dados com Lazzaro Ranaldi quando ele chegasse à festa de aniversário do grande amigo. O amigo cuja mulher tinha um caso com ele.

– Está pronta?

Definitivamente, não era um cumprimento efusivo, mas Caitlyn ficou aliviada por não precisar conversar ao tentar enfiar o batom, o pó e a chave na menor bolsa do mundo. Aliviada porque, apesar do esforço, esquecera-se de se preparar para aquela visão. Sempre maravilhoso, mesmo sem se esforçar, quando se esforçou deixou-a sem fôlego. Os cabelos negros penteados para trás e o *smoking* soberbamente bem-cortado destacavam os largos ombros. O branco da camisa e a calça impecável ressaltavam a barriga lisa, e os músculos das pernas pareciam não terminar nunca.

– Só vai levar isso? – perguntou Lazzaro, cerrando o cenho. – Não sabe que vamos pernoitar lá?

– Onde?

– No Hotel Mancini, é claro.

Não sabia, *é claro*, mas agora que sabia, parecia óbvio. Alguém com os recursos de Alberto Mancini receberia muito bem os convidados.

– Seria indelicado recusar... – Lazzaro agitou os ombros, irritado, enquanto Caitlyn ia preparar apressadamente uma maleta. – Mesmo que meu hotel seja melhor.

– QUE TAL sua tarde? – perguntou Caitlyn quando as portas do elevador se fecharam.

– Comprida – foi a única resposta. Ele olhava fixamente para a frente.

Lazzaro prendia a respiração, tentando bloquear o perfume forte, tentando não olhá-la. Ele sempre soubera que ela era deslumbrante, e com as roupas certas, a maquiagem adequada, não encontraria rival na lista das dez mulheres mais lindas que desfilariam hoje à noite, mas, sabendo o que sabia, o que descobrira hoje, vê-la tão elegante, tão bem-cuidada, causava-lhe o efeito contrário. Hoje ela o transformara em pedra.

Caminhou apressadamente ao sair do elevador pelo saguão, para o automóvel. Caitlyn tentou acompanhar-lhe os passos, atirando a mala para o motorista sem pronunciar uma única palavra. O carro acelerou pelas ruas molhadas de Roma.

Uma Medusa loura, enfeitiçante, sedutora, enganadora. Bem, hoje não. Hoje ele estava imune a seus encantos. Hoje ele se agarraria à verdade – a verdade que se tornava evidente, não obstante o quanto ela e *ele* tentassem mascará-la. Inúmeras vezes sentira-se tentado a confiar nela, a ignorar o sinal vermelho – ignorar o que sabia –, ver apenas as qualidades... Ela o enfeitiçara, assim como Roxanne enfeitiçara Luca – uma olhada naqueles olhos e estaria perdido.

Bem, chega!

Hoje à noite ele iria desmascará-la.

– LAZZARO!

Alberto Mancini era, sem dúvida, a pessoa mais importante da própria festa, mas Lazzaro era a segunda.

O anfitrião delicadamente afastou-se de um grupo e se aproximou, falando num italiano rápido ao cumprimentar o amigo, mas educadamente mudando para o inglês tão logo foi apresentado a Caitlyn.

– Então você é a nova assistente de Lazzaro. Parabéns! Sem dúvida, vamos nos ver bastante.

– É um prazer conhecê-lo – disse Caitlyn formalmente.

– Permita-me dizer-lhe que está deslumbrante. Todas as cabeças viraram quando você entrou.

Virando para Lazzaro, Caitlyn teve vontade de comentar. Mas simplesmente agradeceu.

– Esta é minha mulher, Bonita – disse Alberto satisfeito, passando o braço em torno da cintura delgada da mulher quando ela se aproximou. – Deslumbrante como sempre, querida – brincou bem-humorado – depois de todo o tempo gasto no salão de beleza hoje! Bonita, esta é Caitlyn, a nova assistente de Lazzaro! – O movimento brusco dos olhos de Bonita, o cumprimento educado e o beijo no rosto de Caitlyn serviram como prova suficiente de que Alberto nada sabia das andanças da mulher aquela tarde.

Quando Alberto pediu desculpas e foi conversar com os outros convidados, imediatamente toda a pretensa polidez caiu por terra. Bonita voltou a falar em italiano, pegou Lazzaro pelo braço e se afastaram, deixando Caitlyn desnorteada e sozinha, tentando disfarçar o mal-estar. Bebericou seu drinque e conversou com algumas pessoas, mantendo o sorriso apesar dos saltos que lhe faziam doer as pernas e do coração, literalmente partido.

Numa sala repleta de gente bonita, ainda assim Lazzaro sobressaía. Ligeiramente mais alto, ligeiramente mais altivo que o restante, com mulheres lindas rodeando-o como beija-flores, mariposas... *como abelhas zangadas*, Caitlyn pensou, vendo-o dançar com muitas delas ou apenas parado enquanto elas borboleteavam, disputando seu sorriso, uma segunda dança, a chance de uma noite com ele. Alberto Mancini juntou-se a ele, conversando e rindo, sem perceber o que acontecia. Caitlyn ficou enojada.

– Ele é um homem atraente... – Bonita aproximou-se bebendo champanhe e observando se tudo estava a contento, quando a penosa noite felizmente chegava ao fim. – Seu chefe.

– Seu marido também – respondeu Caitlyn firme, ajeitando as costas e se esticando, a mão apertando a taça com tanta força que temeu quebrá-la.

– Ele é...

A afeição no tom de voz de Bonita confundiu Caitlyn.

– Muitas pessoas, inclusive minha família, pensam que eu casei com ele por dinheiro, pois se ele não fosse rico eu não me interessaria por ele. Eles não fazem ideia do que ele me desperta.

– E o que ele *lhe* desperta?

– Segurança. Quando estou com Alberto, meu mundo está seguro.

Então que diabos você anda aprontando?, teve vontade de gritar. Mas não o fez, apenas ficou mais ereta, como se isso fosse possível, quando Lazzaro captou sua atenção. Seu corpo inteiro dividiu-se entre o desejo e o desprezo quando ele desculpou-se, afastou-se do grupo e se aproximou.

– Estávamos falando de você, Lazzaro. – Bonita sorriu.

– Elogiando, espero... – disse brincalhão, embora o rosto estivesse severo. – Acho que Alberto está cansado.

– Concordo. – Bonita sorriu tensa. – Você poderia...?

– Já falei com ele. Está apenas se despedindo. Vou acompanhá-lo até o quarto. – Fitou Caitlyn com olhos pensativos: – Sinto muito por tê-la deixado sozinha.

– Não sou sua namorada, Lazzaro – respondeu irritada. – Estou aqui a trabalho.

– Então, quando eu voltar, vou convidar minha assistente para dançar.

UM CORAÇÃO que deveria estar totalmente imune a ele disparou quando finalmente dançaram.

Apesar de ele mal tocá-la, apesar de estarem bem afastados – o chefe e sua assistente –, dançando formalmente. Mas, embora as mãos dele mal tocassem seu vestido, mesmo que seu corpo não estivesse colado ao dele, a energia entre eles vibrava de desprezo e atração física. O cabelo dela, vez por outra, esbarrava em seu rosto, o perfume invadia-lhe as narinas e o constrangimento entre eles excitava-o. Ele ansiava por encostar o rosto em seu cabelo, puxar aquele corpo macio contra o seu, mas, em vez disso, falou:

– Obrigado por não contar a Alberto sobre hoje à tarde – disse em voz baixa.

– Não tem de quê. – As mãos dele, frouxas em torno de sua cintura, os corpos juntos o suficiente para dar a impressão de haver intimidade, embora mal se tocassem. Ah, mas ela ansiava por mover alguns perigosos centímetros, encostar no corpo dele, fechar os olhos, senti-lo, deixá-lo abraçá-la. Mas Caitlyn sabia que se fizesse isso estaria perdida. – Não me envolva nisso.

– Não estou entendendo. Envolver em quê? – De vez em quando, ela tinha a impressão de que seu inglês não era tão perfeito e que precisava explicar-se. Mas no fundo sabia que ele tentava ganhar um pouco mais de tempo.

– Nunca... – Ela ergueu o rosto para ele. – Nunca mais me coloque numa situação dessas. Posso mentir para suas namoradas, Lazzaro, mas não para os maridos delas.

– Nunca pedi para mentir.

– Eu deveria contar a ele que já conhecia Bonita? – As palavras sibilaram nos ouvidos dele. – Que a encontrara em sua suíte? Deveria ter contado a ele que o motivo de sua jovem mulher interesseira estar tão fabulosa, com aquele rosado no rosto e aquele brilho nos olhos, não se devia a horas no salão, mas sim a... – A voz calou-se abruptamente quando a mão dele agarrou-lhe o pulso.

Proferiu palavras cáusticas.

– Como ousa me julgar baseada em seus próprios padrões éticos?

– Pelo menos *eu tenho* alguma ética!

Tinham parado de fingir que dançavam. De pé no meio do salão, enfrentavam-se em meio às palavras não ditas.

Felizmente a música parou, o salão explodiu em aplausos e a mão de Lazzaro apertou a dela, praticamente arrastando--a até uma mesa isolada.

Mas não havia nada semelhante a isolamento total quando se tratava de Lazzaro Ranaldi. Um garçom apareceu oferecendo drinques, servindo água, quando tudo que desejavam era ficar a sós.

– Que ética? – vociferou ele, retomando a conversa do ponto em que havia sido interrompida. – *Você é* uma mentirosa.

– Eu?

– Tive hoje a confirmação. Você nunca teve uma segunda entrevista agendada com Mancini. – Ele a viu corar, contrair as mãos em volta do copo e não conteve um sorriso de triunfo. Chegara a vez de Caitlyn ganhar tempo. – Você nem teve *a primeira*!

– Não – respondeu finalmente, agradecida pela água servida, agradecida por ter algo que pudesse fazer com as mãos enquanto segurava o copo.

– Você nem mandou o currículo, mandou?

– Por que perder tempo com perguntas quando obviamente já checou tudo?

– Claro! – exclamou Lazzaro sereno. – Ou achou que eu não me informaria? Esperava que eu confiasse em você? Achou mesmo que eu havia entendido mal o nome do hotel?

– Estou surpresa por perder tempo pensando em mim na companhia de Bonita.

– Não lhe devo satisfações. – Num gesto insolente, ergueu um dos ombros. – Mas, obviamente, depois de ser desmascarada, deve ter lhe passado pela cabeça que eu sou seu chefe e *você me* deve explicações. Por que mentiu?

De repente, mudou de ideia. Esquecendo temporariamente a pergunta, inclinou-se zangado sobre a mesa.

– Alberto Mancini é meu amigo. Como ousa me insultar? *Como ousa insultar Bonita* quando não faz ideia do que está acontecendo?

– Então me diga – implorou. – O que posso supor, Lazzaro? Ela liga para você de cinco em cinco minutos, foi até sua suíte e, obviamente, Alberto não imagina...

– E por que eu deveria lhe contar? Não confio em você. – Fitou-a com desprezo. – Responda: por que mentiu?

– Por mentir. – Deu de ombros.

– Supostamente, numa entrevista, o entrevistado deve...

Interrompeu-o.

– Quando *menti* nem fazia ideia de estar sendo entrevistada. A rigor, se me lembro bem, quando *menti* para você, tentava *pedir demissão* e não arranjar outro emprego.

– Mas você disse ter outro em vista e até citou o nome do lugar – completou ele.

Caitlyn pôs o copo sobre a mesa e se levantou. Não precisava ser submetida a tal tipo de inquisição naquele momento, não queria se recordar daquele detestável dia. Estava com raiva do olhar de acusação com que ele *quase sempre* a fitava.

– Eu menti – disparou Caitlyn – e você pareceu agradecido na ocasião, se bem me recordo. Agradecido por não precisar explicar a sua preciosa irmã o tipo de homem com quem ela se casou; agradecido por poder pôr outro *band-aid* num assunto complicado em vez de resolvê-lo!

– Nunca pedi para você mentir! Eu disse querer conhecer a verdade.

– Talvez. – Algumas pessoas os observavam. Os italianos não eram exatamente famosos pela discrição, mas Caitlyn pouco ligava. – Por favor, não fique aí plantado tentando fingir não ter ficado nem um pouco aliviado por não precisar enfrentar a realidade, assim como não quer enfrentar a morte de... – Fechou a boca, a voz abruptamente sumindo como se uma tomada houvesse sido desligada.

– Continue. – A voz era fria como o gelo. – Termine o que ia dizer.

– E-eu não quero – gaguejou, horrorizada com o que acabara de dizer, e com o rumo tomado pela discussão.

Mas Lazzaro não permitiria que ela não prosseguisse.

– O que eu não quero enfrentar?

– Lazzaro, por favor.

– Obviamente, você tem opinião formada sobre mim – continuou Lazzaro, ignorando-lhe as palavras. – E gostaria de conhecê-la.

Nenhuma chance de fingir que a noite terminaria pacificamente; nenhuma chance de uma conversa leve quando no ar pairava o confronto.

– Eu preciso ir...

Ela se levantou. Com mão trêmula, pegou a bolsa, mas Lazzaro agarrou-lhe o pulso.

– Vai embora agora, quando a conversa começa a ficar interessante?

– Vou dormir. – Ela puxou a mão e ele a soltou, mas ao se virar as pernas trêmulas, tentando atravessar o salão de baile, sabia que ele a seguia.

Momentaneamente perdeu a direção, o saguão do hotel era desconhecido. Localizando os elevadores, caminhou sem olhar para trás, sabendo que a discussão não terminara. Entrou no elevador. Ele postou-se a seu lado. Olhares qual lanças a perfuravam. Transpirava, consumida pela raiva que ele despejava, a mente aprisionada à espera da briga causada por suas palavras impensadas.

Ele a seguiu, encostou-se na parede sem uma palavra e só depois de três tentativas ela conseguiu abrir a porta com o cartão magnético. Quando ela entrou e fechou a porta, sabia que não conseguiria se ver livre dele.

– O quê? – Deu um sorriso absolutamente falso ao impedir com o pé que ela fechasse a porta. – Não vai ao menos me convidar para um café?

E ela acenou afirmativamente, pois não o temia. Temia, sim, o que as próprias palavras desencadearam, em público, no momento errado. Ou talvez fosse o momento certo, refletiu ao se afastar, permitindo que ele entrasse. Ele não a silenciara ou interrompera... Não fugira do assunto, na verdade, a seguira para enfrentá-la.

O quarto havia sido arrumado, a cama feita, chocolates sobre os travesseiros. Ela ficou parada, trêmula.

– Mas, como você dizia...

– Seu irmão. – Finalmente ela concluiu a frase. A tomada novamente ligada. E a luz era um alívio após a escuridão na qual haviam mergulhado. Fora necessária a escuridão completa, se deu conta. O pânico, a falta de habilidade, a descoberta da mentira, tudo, para levá-los a esse ponto quando finalmente poderia encará-lo ao dizer o nome que ninguém tinha permissão de dizer. – Luca.

– Eu lido com a morte de Luca todos os dias – Lazzaro tentou desconversar.

– Todo minuto, de cada hora, de cada dia – disse, observando-o fechar os olhos. – Sei que deve se sentir péssimo.

– Sabe mesmo?

– Meu avô morreu há seis meses.

– Você compara a morte de um jovem...

– Não! – Caitlyn interrompeu-o também aos berros. – Mas conheço a dor de perder um ser amado, a saudade. Mas também conheço a paz, algo que parece não fazer parte de *sua* vida mesmo depois de dois anos! – A voz suavizou-se. – Sei que discutiram antes de ele morrer. Li nos jornais, e Antonia contou ter sido uma briga terrível, mas Luca perdera o controle, algo precisava ser feito. Você deveria estar preparado para sua fúria. Como deixou ele atacá-lo? Como...?

– Basta! – A voz irada carregava uma advertência. Mas não era ela o alvo e sim ele próprio. Os últimos dias tinham sido infernais, na verdade, as últimas semanas. Sabia que toda a família estaria reunida, que o nome de Luca seria novamente pronunciado. Era como viver no esgoto, os dejetos escorrendo e sujando tudo, a despeito de quanto ele tentasse limpar. Seria tão fácil acreditar naquela voz compreensiva, nos olhos que pareciam ler seus pensamentos, afastar as dúvidas e convencer-se de que ela era diferente, que estava diante de alguém a quem podia revelar a verdade.

E como gostaria de se abrir! Mas o aviso de Malvolio ressoava em seus ouvidos como o sino do Juízo Final, e aqueles olhos, tão azuis quanto os de Roxanne, o fitavam, exatamente como naquele maldito dia.

– Não deveria ser assim, Lazzaro...

– E como deveria ser então? – Encarou-a, tentou afastá-la, assustá-la, tentou manter a cabeça fria, antes que ela amolecesse seu coração novamente.

– Não sei.

– Exatamente. Você *não* sabe. Não sabe – repetiu. – Então não venha me dizer que não estou lidando bem com a situação quando você não faz ideia do que ocorreu naquele dia.

– Conte-me então – pediu ela.

– Por quê?

– Porque quero saber.

– Por quê?

– Porque... – Como se puxasse a rolha de uma garrafa de champanhe, sentia a trepidação, a pressão aumentando, e não queria deixar vir à tona seus sentimentos. Mas não conseguia mais segurar. Fechou os olhou quando a rolha atingiu a parede e as palavras jorraram, borbulharam e se derramaram.

– Porque eu gosto de você. Sinto muito se não é o que gostaria de ouvir, ou se isso o incomoda. Lamento se não consigo deixar de nutrir sentimentos por você quando deveria apenas estar por perto quando meus serviços fossem solicitados, mas eu gosto de você.

– O quê? – Ele praticamente berrava. – Você quer que eu me abra com *você*? – gargalhou. – Para depois usar contra mim?

– Por que usaria contra você?

– Você se contradiz – zombou. Assim seria mais fácil, mais fácil mantê-la a distância. Impedi-la de tocar seu coração. – Há pouco me acusou de ser a criatura mais vil do mundo, um homem que, segundo você, dormiria com a mulher do amigo. Agora afirma gostar de mim. Como? – gritou. – Como pode gostar de alguém assim?

– Não sei – sussurrou. – Só sei que gosto.

Fez-se um silêncio infinito, os olhos dele a avaliavam, a mente implorava por sensatez. Só que ele não queria.

Realmente não queria.

Ele queria que ela gostasse dele, pois ele também gostava dela.

– Caitlyn, não transei com Bonita. Nunca faria isso. Acredite em mim.

– Bonita não é o problema. – Lágrimas em profusão escorriam-lhe pelo rosto. Sentiu-se pateticamente agradecida quando ele pegou uma caixa de lenços de papel e a estendeu para ela. – Não consigo me acostumar a seu jeito, Lazzaro. Uma hora você é afetuoso, em seguida, frio. Não compreendo por que algumas vezes parece me odiar.

– Olha, podemos começar do começo? – A voz normalmente serena, falava rápido, interrompendo-a. – Podemos esquecer tudo que passou e começar de novo?

– Podemos? – Ela realmente não tinha certeza.

– Eu posso – afirmou Lazzaro.

– E não vai me odiar novamente de manhã?

– Nunca odiei você – confessou. – Como posso odiá-la quando tudo que faço é desejar você?

Mas não era o bastante. Ela sabia, mas não podia mais fazer perguntas, pois a boca de Lazzaro estava na sua e era, com certeza, mais doce do que a verdade.

A boca devorava-a – a sofreguidão igualando-se à dela –, e a terra tremeu quando ele se aproximou mais. Ela ouviu o zíper do vestido quando ele o desceu, o arrepio de frio nas costas, e preparou-se para sentir a mão dele em suas nádegas. Naquele instante, ela o teria perdoado por ir direto ao ponto, mas ele não o fez. Cada centímetro, cada espaço foi acariciado com tamanha habilidade que sua calcinha estava encharcada quando, finalmente, ele desabotoou-lhe o sutiã. Mas, em vez de tirar a parte de cima do vestido, de despi-la, ele abaixou a cabeça e beijou-a por cima do vestido e da renda do sutiã, os dentes mordiscando-lhe a aréola, seu vestido que exigia lavagem a seco, nem seco nem limpo enquanto ele continuava. As mãos gulosas puxaram as alças do vestido e milhares de pedrinhas de vidro cascatearam pelo chão, esmagadas pelos pés apressados em se verem livres das roupas. Mas não havia tempo. Caitlyn gemia de desejo por ter o sedento mamilo na boca de Lazzaro, e se ele não o tivesse feito, ela imploraria.

Doeu.

Mas foi uma dor deliciosa, quando a boca repuxou-lhe o mamilo, esticando-o. Ainda com o mamilo entre os lábios, sorriu para ela e voltou a sugar, de um jeito indecente, até Caitlyn gemer, a mão tentando tirar-lhe o cinto, a calça. Um desejo havia sido satisfeito, mas ela queria mais, enquanto ele ainda a sugava, e ela tentava se ver livre de coisas sem importância para alcançar o que realmente importava.

Ela estava nua da cintura para cima e ardia da cintura para baixo, mas mesmo assim ele concentrou-se nos seios enquanto lhe descia a calcinha. Como a cama estava longe demais, usaram a penteadeira, o espelho frio contra as costas, a superfície dura sob as nádegas.

Mas, definitivamente, o prazer compensava o desconforto, e os espelhos em ângulo permitiam infindáveis visões de seu corpo. Recostou a cabeça em seu ombro. Observou o reflexo dos corpos, viu os braços retesarem-se quando ele deslizou para dentro dela, viu as próprias pernas enroscadas em sua cintura e o puxou para mais perto. Viu a marca das mãos dela no bumbum.

– Lazzaro... – Deixara de olhar o espelho; lambia, mordia o ombro salgado, cerrando os lábios ao tentar se segurar.

Mas, felizmente, ele não demorou. Investiu com força e ela se agarrou a ele, e já não sabia se as batidas eram de alguém no quarto ao lado ou do espelho contra a parede, e não importava *onde* estavam quando ele arqueou o corpo.

Não sabia como, mas ele penetrou-a ainda mais fundo... Como ele conseguia extrair dela mais do que imaginava ser capaz de dar?

Depois, deitados na cama, apesar de saciada, ela insistiu. Audaciosa e, ao mesmo tempo, terrivelmente insegura, os dedos percorreram a extensão da cicatriz. Viu-o fechar os olhos, não suavemente, mas contraindo-os, como se antecipasse a dor a ser causada pelo toque, como se a ferida ainda se encontrasse aberta, e, então, Caitlyn soube ainda estar.

– O que aconteceu aqui?

Ele entrelaçou os dedos aos dela. Caitlyn tinha certeza de que ele afastaria a mão dela e mentalmente se culpou por fazer perguntas demais, cedo demais, mas, em vez disso, ele pressionou a palma da mão dela no rosto.

E embora tivessem acabado de fazer amor, embora nunca em sua vida tivesse se sentido tão ligada a outro ser humano, por aquele segundo não apenas estavam próximos, mas unidos – a dor dele, sua, o conforto que ela lhe oferecia, seu.

A tensão permanente nos traços de seu rosto desapareceu quando ela se inclinou, tocando a cicatriz com os lábios macios, tentando livrá-lo da agonia. As lágrimas salgadas molharam a cicatriz, mas apenas por pouco tempo. Sem rudeza, mas gentilmente, ele a afastou e desviou o rosto quando ela voltou a perguntar:

– O que aconteceu naquele dia, Lazzaro?

Apesar da pergunta, apesar de ela ter certeza de estar preparada para ouvir, a voz dele demonstrou que talvez ainda não estivesse. As marcas da dor e do sofrimento, tão evidentes, fizeram-na hesitar, fechar os olhos. Ele, então, a afastou, embora suavemente, com quatro palavrinhas.

– Pergunte a sua prima.

– Vai a algum lugar? – Audaciosa, mas amedrontada, perguntou sorrindo na manhã seguinte.

Afinal, era essa a rotina. Mas os olhos de Lazzaro não evitavam os seus naquela manhã.

Na verdade, totalmente à vontade, ele até a fez rir.

– Só até meu quarto. – Com a mão debaixo do lençol, explorava-a desavergonhadamente. – Encontro você no café da manhã e conto nossos planos até nosso voo, no fim da tarde.

– Então vai... – Sorriu. Nunca deixava de amá-lo, mas o amor crescia quando ele se comportava daquela forma.

– Você *sabe* o único lugar para onde vou – ele disse devagar, fazendo-a engasgar com o gesto indecente. – Bem aqui.

– Como passaram a noite? – Alberto Mancini perguntou, bem-humorado, aos melhores amigos reunidos para um suntuoso desjejum.

– Suponho que tenham sido bem instalados.

– A cama estava um pouco dura – provocou Lazzaro brincalhão. – Mas nada mal para um hotel de segunda categoria!

– Vou falar com o ministro e sua adorável esposa. Antes que eu faça meu discurso, posso pedir seu chefe emprestado?

– Claro – sorriu Caitlyn, engolindo em seco quando Bonita se instalou no lugar vago.

– Obrigada pela discrição ontem. Felizmente a noite terminou. Se não fosse por Lazzaro, não sei se aguentaria. – Sorriu cansada. – Sei que Lazzaro conta tudo a suas assistentes.

– Não a mim... – começou, mas a voz sumiu ao ver Alberto saudar os convidados, agradecendo-lhes a presença. Até aí Caitlyn entendeu, mas um momento depois ele passou o microfone para Lazzaro e ele começou a discursar em nome do amigo. Seja lá o que dizia, todos riam, menos Bonita. A mão estava fria ao pegar a de Caitlyn.

– Deus abençoe Lazzaro – disse Bonita num sussurro estrangulado. – Alberto esquece nomes, embaralha as palavras, algumas vezes. Não quis que se expusesse, parecesse tolo ou bêbado, então pedi a Lazzaro para ficar a seu lado... e cobrir seus lapsos de memória. – Levou o lenço ao rosto, e ao ver a expressão chocada de Caitlyn, por um segundo foi ela quem precisou de consolo.

– Você realmente não sabia? Lazzaro nunca contou?

– Pensei... – Caitlyn envergonhou-se, mas Bonita riu.

– O que *andou* imaginando? Ah, mas o conhece há pouco. Não faz ideia do homem maravilhoso que ele é.

Começava a fazer.

– Alberto está doente – explicou com voz firme; entretanto procurou novamente a mão de Caitlyn antes de prosseguir. – O tratamento precisa ser iniciado imediatamente, mas preferimos esperar até o casamento da filha. Duas semanas é tudo que pedimos. Se pudermos esperar esse tempo, até a filha se casar, *então* poderemos contar a todos.

Por um segundo o olhar de Caitlyn encontrou o de Lazzaro; culpa e arrependimento a invadiam pelas suposições precipitadas, por julgá-lo mal. E sentia orgulho também – orgulho de, mesmo na noite anterior, ao colocá-lo contra a parede, ele não ter traído a confiança do amigo. Não ter lhe contado a verdade, o que teria evitado a discussão.

CAPÍTULO 9

– Gostaria que tivesse me contado – disse, tentando imaginar como fazia tanto frio com um céu tão azul, ao saírem do hotel. Finalmente seria levada a um passeio pela Cidade Eterna.

– Não cabia a mim contar.

– Então me deixou julgá-lo mal?

– Foi sua opção.

– Sua também. – Foi a afirmação mais dura de sua vida, pois tomara como base apenas seus sentimentos. – Lazzaro, não acha que devíamos discutir...

– Hoje não. – Silenciou-a com um beijo. – Hoje vamos apenas curtir o dia.

Faltavam poucas horas para voltarem à Austrália. Preparou-se para a frieza e a distância entre eles. Enganou-se. Depois do desjejum, passaram o dia passeando por Roma.

Pararam em minúsculos cafés, onde Caitlyn praticou seu italiano pavoroso e Lazzaro fazia sinais, desculpando-se com os garçons. Ela tirou inúmeras fotos. Comeu castanhas vendidas a varejo e, embora elas fossem provavelmente a pior coisa que já tivesse provado na vida, comeu tudo.

– Você deveria comprar uma lembrança. – Lazzaro a conduziu a lojas de grifes das quais ficaria feliz só em ter no guarda-roupa uma imitação de uma das peças. Mas embora, provavelmente, fosse se arrepender depois, embora as amigas jamais compreendessem e, apesar de serem as roupas mais chiques que já vira, as butiques em torno da Piazza di Spagna não lhe despertavam o interesse, apesar de Lazzaro insistir para que escolhesse uma bolsa, sapatos ou qualquer coisa que as mulheres tanto gostam.

– Gosto de andar.

E assim fizeram, afastando-se das lojas e caminhando até a escadaria onde Caitlyn, meio envergonhada, pegou a máquina e pediu a Lazzaro para tirar uma foto dela. Corou, sacudindo a cabeça quando um turista se ofereceu para tirar uma foto dos dois.

– Não, obrigada.

– Por que não? – Lazzaro riu ao vê-la corar. – Não quer se lembrar de nossos momentos juntos hoje?

Sempre *se lembraria* daquele dia – com ou sem foto –, sempre se lembraria de andar pela mais linda das cidades com o mais lindo dos homens. Sempre se recordaria da emoção quando ele lhe deu a mão. Por algum tempo, os dois eram apenas um casal comum... namorados passeando e conversando, vendo o mundo passar, e pelo menos hoje o mundo era mais bonito, por ter o outro ao lado.

Não precisou de seu guia para saber estarem na Fontana de Trevi, não precisou perguntar o que Lazzaro fazia quando ele lhe ofereceu uma moeda do bolso.

– Sabe o que dizem... – A mão firme lhe entregou uma moeda. – Se jogar uma moeda, você voltará. Tome.

Mas ela não sabia se queria voltar.

Por mais linda que fosse a cidade, jamais seria tão linda quanto hoje, e Caitlyn realmente não sabia se gostaria de voltar se não fosse com ele. Queria lembrar-se da cidade naquele exato momento.

Ah, hoje estavam bem, entre os lençóis estavam bem, quando eram só os dois e mais ninguém, não existia nada melhor. Mas ela sabia que não podia durar. O mundo deles era uma bolha frágil que não sobreviveria às intempéries.

– Tome.

E finalmente ela atirou a moeda – viu-a mergulhar e se reunir a um milhão de outros desejos –, fechou os olhos quando ele a abraçou, recostou-se por mais um segundo, tentando se convencer de que eles estavam bem de verdade, que o pouco que tinham era suficiente para mantê-los juntos no mundo real...

CAPÍTULO 10

Eles *tinham* o suficiente para ficar juntos.

Desde que fossem cuidadosos, desde que não ansiassem por mais e vivessem apenas o presente, sem olhar o passado ou pensar no futuro. Desde que ele fizesse amor com ela à noite e a beijasse pela manhã. Desde que certos assuntos não fossem discutidos, estariam bem.

– Oi, mamãe! – Uma semana depois de terem voltado, Caitlyn não escondia a felicidade em sua voz ao atender a ligação da mãe no escritório. Mas a lembrança dos problemas a trouxe rapidamente de volta à Terra.

– Como vai a vida?

– Ótima! – A resposta efusiva confundiu Caitlyn.

– Ótima?

– O advogado acabou de ligar: ganhamos! – A voz ficou entrecortada, a risada transformou-se em lágrimas. – Podemos ficar com a casa.

E embora o advogado tivesse dito repetidas vezes que Cheryl não ganharia, pois o avô expusera claramente seu desejo no testamento, e que a contribuição da filha havia sido documentada e confirmada, saber que finalmente o processo chegara ao fim trouxe uma doce onda de alívio. Só então Caitlyn se deu conta do estresse que enfrentara.

– Obrigada... – Helen chorou. – Sei o quanto exigi de você. Sei que não foi justo pedir para pagar uma hipoteca tão alta.

– Eu não precisava pagar! – Caitlyn sorriu.

– Conheço você.

– E eu, você – disse Caitlyn carinhosa. – Fez isso pelo seu pai, esqueceu?

– POR QUE eles não prepararam uma lista de casamento? – Lazzaro parecia totalmente perplexo quando ela entrou sorrindo em sua sala. – Que idiotice! Mas por que tanta alegria?

– Por nada.

Ela nunca lhe contara sobre seus problemas. A quantia que para ela era absurda para ele não passava de uma gota no oceano. E para Caitlyn a perspectiva de ele quitar o financiamento era terrível, pior até do que ele conhecer suas dificuldades financeiras. Odiava a ideia de dever-lhe algo. O sorriso aumentou ao pegar o convite de casamento da filha de Alberto Mancini da mão dele.

– Eu acho legal eles não terem feito uma lista. Significa que pessoas como você não podem simplesmente clicar com o mouse e mandar despachar um presente; significa que pessoas arrogantes e pedantes como você terão que pensar no que os amigos podem querer de presente.

– Não são meus amigos. – Lazzaro ergueu as mãos, exasperado. – Ela é *filha* de um *amigo*, e não a vejo há cinco anos. Nem *conheço* o noivo. Como poderia saber o que querem?

– Bem, melhor pensar rápido – disse Caitlyn atrevida. – O voo é quinta-feira.

– Venha comigo.

– Não posso. – Caitlyn suspirou. – Você está acostumado... Sei que viajaríamos de primeira classe e eu poderia dormir a viagem toda, mas honestamente...

– Já entendi. – Demonstrou piedade. – Precisa de uma folga no fim de semana.

– Preciso mesmo.

E como! Precisava de um fim de semana para sair com as amigas, dormir, ver a mãe, ler. Lazzaro havia avisado que o trabalho seria cansativo, é verdade, e era, mas, além do mais exigente dos chefes, havia o mais exigente dos amantes, e Caitlyn sonhava com um fim de semana... à toa.

– Então, definitivamente, você não vem. – Deu um sorriso pesaroso e depois lhe lançou um olhar que a deixou em brasa. – O que significa que eu também não irei.

– Você sobreviverá! – Caitlyn piscou o olho de um jeito moleque.

– Não tenho escolha... Mas *seu* castigo será escolher o presente. – Desconsiderou seu protesto. – Por isso nós, pessoas arrogantes e pedantes, temos assistentes. Tchau!

O que comprar para alguém que tem tudo? Alguém que você não conhece, alguém que... Queimando os miolos, perambulou pelas lojas, na esperança de vir-lhe à mente um presente incrível e especial... Droga, por que eles *não* prepararam uma lista de presentes? Pensou duas horas depois ao voltar ao hotel, vencida e de mãos vazias, mas ainda sorrindo. Dera-se ao luxo de comprar uma garrafa de champanhe. Guardaria na geladeira e a abriria tão logo pusesse os pés em casa à noite.

– Srta. Bell? – Surpresa, virou-se ao ouvir seu nome e olhou de cara feia para a mulher que lhe enfiou um microfone debaixo do nariz.

– O que tem a dizer sobre os rumores de Lazzaro Ranaldi estar tendo um caso com a mulher de seu rival nos negócios?

– Desculpe...? – Como um rato na ratoeira, Caitlyn congelou ao ver a câmera de tevê fechando em seu rosto.

– Uma fonte confiável nos informou que o sr. Ranaldi tem sido visto com frequência em companhia de Bonita Mancini. Temos fotos dos dois almoçando e soubemos que passaram juntos a tarde do dia do aniversário de sessenta anos do sr. Mancini. Na mesma noite, ele o levou bêbado para a cama e consolou-lhe a mulher...

– Não! – negou imediatamente, a cabeça a mil. Faltava uma semana para o casamento. O desejo de Bonita era esconder da enteada a doença terminal do marido, revelando-a somente após o casamento, e agora a imprensa deturpara os fatos transformando-os em algo sórdido.

– Mas a sra. Mancini *não passou* a tarde na suíte do sr. Ranaldi?

Caitlyn não respondeu. Duas manchas vermelhas ardiam em seu rosto e desejou estar mais bem preparada para enfrentar a situação. Sabia, como assistente de Lazzaro, que devia ter se afastado sem nada declarar, nem negar nem confirmar.

– E ela passou a noite com o sr. Ranaldi?

– Não – respondeu categórica. – Não passou.

– Como pode ter certeza? Minhas fontes afirmam...

– Tenho certeza que o sr. Ranaldi não passou a noite com a sra. Mancini. – Arrepender-se-ia da afirmação, mas não lhe restava escolha. Precisava acabar com os boatos.

– E de onde vem tanta certeza?

Embora precipitada, não era uma decisão inconsequente. Ainda sentia a mão de Bonita na sua, o amor da mulher pelo marido, embora ninguém acreditasse, e sabia que, apesar de não ser sua intenção, teria que confessar.

– Tenho certeza que Lazzaro não estava com a sra. Mancini porque ele passou a noite comigo.

Deu as costas e afastou-se. Não entrou no hotel. Desapareceu em meio à multidão. Como poderia encará-lo? Qual seria a reação dele ao tomar conhecimento de sua declaração?

Nem por um segundo imaginou a verdade.

Fechou a cara ao ligar a tevê. A irmã telefonara para seu celular mandando-o ligar imediatamente a tevê, e ainda estava na linha. Ficou cego de raiva ao ouvir as acusações da repórter.

Pegou no telefone da mesa para ligar para Bonita e preveni-la, mas o rosto fechado abriu-se num sorriso ao ouvir a declaração de Caitlyn Bell em cadeia nacional.

– Ela é adorável... – disse Antonia. Ele até se esquecera dela.

– Mas nada discreta! – frisou, ainda sorrindo.

– E agora, meu irmão? O que vai fazer?

Ele não respondeu imediatamente, apenas olhou as ruas da cidade lá embaixo de sua ampla janela, sabendo que ela estaria ali, imaginando seu constrangimento, o medo diante do que fizera, querendo consolá-la.

Dizer-lhe que estava tudo bem.

Dizer-lhe que estava tudo bem *entre eles*.

Pela primeira vez em muito tempo ele respirou sem dor. Por breves minutos sentiu paz no coração e vislumbrou um futuro tolerável.

– Lazzaro? – pressionou Antonia, excitada, sorrindo quando o irmão voltou a falar e depois desligou o telefone.

– Depois *nós* contamos a você.

Mas anestesiar um dente não eliminava a raiz.

Mesmo que a dor houvesse diminuído por um tempo, o estrago feito por dentro persistia – enfraquecer as raízes, prolongar o inevitável até que a dor voltasse a explodir numa agonia da qual era impossível escapar.

E a extração era preferível ao tratamento.

Ao desligar o telefone, ficou em dúvida se deveria ligar para ela e dizer que parasse de se esconder. Nesse momento, a porta se abriu, e o sorriso se desvaneceu ao ver a mulher que mais odiava no mundo – e esperava nunca voltar a ver –, entrar em seu escritório e o tirar do momentâneo oásis, levando-o de volta ao inferno.

CAPÍTULO 11

– QUE DIABOS *você* quer? – Lazzaro despejou as palavras com desprezo ao fitar a pessoa que mais odiava no mundo. – Quem a deixou entrar?

– Audrey me deixou subir. Ela ainda se lembra de mim. – Roxanne jogou para trás os cachos escuros e caminhou pela sala como se fosse a dona do lugar. – Achei que devíamos melhorar o clima entre nós...

– Melhorar o clima? – Lazzaro proferiu com agressividade. – O ar fica poluído quando você está por perto. Seu fedor me deixa...

– Melhor botar para fora. – Os lábios vermelhos de Roxanne sorriram com doçura. – Vi Caitlyn no jornal. Ela é um bocado boa, devo admitir. Quando põe uma coisa na cabeça, vai até o fim.

– O quê? – esbravejou. A seguir, sacudiu a cabeça. Não tinha necessidade de ouvi-la; não queria ficar no mesmo ambiente que Roxanne nem por um segundo. – Saia, Roxanne, você me enoja.

– Foi você quem pagou os advogados dela?

– Advogados? Não sei a que se refere.

Os olhos argutos perceberam o leve franzir das sobrancelhas.

– Não me diga que ela não contou nada a você. A doce Caitlyn esqueceu de mencionar, quando estava com as pernas enroscadas em você, que a mãe dela, não satisfeita em morar a vida toda na casa de meu avô, já que não tinha para onde ir com a filha bastarda, e de terem vivido à custa dele, recusaram-se a sair da casa quando ele morreu e a dar a minha mãe a parte da herança que lhe cabe?

Olhou-a com desprezo.

– Como você é mentirosa. Seria capaz de mentir até em seu leito de morte. – Uma pilha de papéis na mesa dele atraiu-lhe a atenção. Documentos legais. Ele os afastou. Estava agitado, e ela percebeu.

– Por que eu mentiria? – Roxanne o encarou, os olhos azuis idênticos aos de Caitlyn, mas totalmente resolutos, não piscaram uma só vez ao fitá-lo. Naquele momento, Lazzaro já não sabia em quem acreditar. Se em Roxanne, que o olhava dentro dos olhos e mentia, ou se em Caitlyn. – Conhecendo Caitlyn desde criança, provavelmente você era seu plano B.

– O que quer, Roxanne? – Deu uma risada debochada. – Como se eu não soubesse.

– Quero aquilo a que minha mãe tem direito.

– Se realmente tem direito à casa, o tribunal teria tido um julgamento favorável a ela.

– Não sou Caitlyn. Não tenho acesso a rios de dinheiro para pagar advogados. Ao contrário de minha prima, não estou transando com um Ranaldi! – O rosto contorceu-se num esgar. – Você realmente acha que ela é doce e pura, não acha? É tão esperto que pensa que a bruxa da história sou eu.

– Não preciso nem dizer.

– Sabe, ela sempre disse que ia conquistar você.

Roxanne viu o maxilar dele contraído. Ele balançou a cabeça.

– Você é uma mentirosa, podre – disse enojado.

– Ainda me lembro dela um dia antes de Luca morrer, com aquela foto idiota sua que carregava para todo lado, contando que você lhe dera uma carona até em casa e como ela já estava tecendo a teia. – Vendo o rosto dele empalidecer e uma veia latejar, Roxanne teve certeza de ter atingido seu objetivo. – De qualquer modo, estou cansada de lidar com advogados. Jornalistas são mais divertidos. Eles pagam para ouvir. Aposto que adorarão ouvir toda a verdadeira história sobre Luca!

– Quanto quer? – Surpreendentemente, ao puxar o talão de cheques as mãos dele não tremiam, o rosto estava branco e frio como mármore.

– A parte da minha mãe na herança. – Roxanne disse um valor, os olhos azuis cravados nos dele enquanto ele escrevia não a quantia estipulada, mas duas palavrinhas. Ele a viu arrancar afobada o cheque de suas mãos e a boca se retorcer de raiva ao ler a solicitação nada educada para se mandar.

– Vá conversar com o jornalista – zombou, quando ela amassou o cheque e o atirou nele. – Mas, como você mesma mencionou, tenho muito dinheiro e, se você disser alguma coisa, gastarei o que for possível para que você não receba um único centavo. Garanto que dedicarei o resto de minha vida para infernizar a sua. Não volte a me ameaçar e nunca tente me chantagear. Não lido com a escória!

– Ah, lida sim, Lazzaro. E, exatamente como seu irmão, é muito idiota para se dar conta! – Ela voltou-se ao chegar à porta, destilando inveja, veneno, ódio, em cada palavra. – A única diferença entre nós duas é que Caitlyn escolheu melhor. Minha prima deu a sorte de *apostar* no cavalo certo!

O perfume continuou no ar muito depois de ela ter partido. Um cheiro doce, enjoativo, infiltrou-se em seus poros; a mesma fragrância vulgar que usava naquele dia... ali, naquela mesma sala. Afundando na poltrona, fechou os olhos e esperou a náusea passar, mas de nada adiantou.

– Luca... – Fechou os olhos. Podia ver o rosto do irmão. O seu, igualzinho ao do irmão, agora diferente, carregando as marcas de anos de agonia, arrependimento e amargura... Correu os dedos pela grossa cicatriz na maçã do rosto que Luca lhe infligira em seu último dia na Terra.

A parte do rosto ainda entorpecida.

Lembranças sufocadas por mais de dois anos vieram à tona e, tão logo afogava uma, outra emergia. Sentia-se aprisionado em um estande de tiro – cada imagem um alvo, cada figura derrubada reaparecendo, mais forte e inexorável que a anterior.

Dois anos de dor e ainda era impossível lidar com ela. Como se o anestésico perdesse o efeito, a sensação começava a se insinuar, feridas abertas que ainda não tinha condições de serem expostas tornando-se mais presentes.

Só que ele não queria sentir, não queria enfrentar a dor. E fora exatamente isso o que Caitlyn fizera: forçara-o a enfrentar o impossível.

Tão logo entrou na sala, Caitlyn se deu conta de que ele não ouvira a batida na porta. Sabia, por instinto, estar diante de um lado oculto de Lazzaro Ranaldi que ele preferia esconder de todos, até mesmo da mulher com quem dormia.

Com os ombros caídos, o rosto pálido entre as mãos. Pensou em sair, bater de novo e poupar a ambos o embaraço das explicações. Mas naquele exato segundo ele levantou a cabeça.

– Sinto muito pela declaração à imprensa. Fui indiscreta, deveria ter ligado logo depois para você. Mas fiquei com vergonha...

Ele a fitava como se olhasse através dela, como se nem mesmo a ouvisse, a expressão do rosto impassível.

– Fui pega de surpresa. Sabia a importância de nada ser divulgado sobre Alberto, o mal que lhe causaria se houvesse a mínima suspeita de um caso entre...

As palmas soaram como chicotadas, sobressaltando-a. Confusa, arregalou os olhos quando ele continuou a aplaudir devagar, reclinado na cadeira. Ela permaneceu de pé, muda.

– Bravo, Caitlyn. – O aplauso cessou, mas ainda ressoava em sua cabeça, ecoando em seus ouvidos. Ele a encarou como se a odiasse. – Está desperdiçando seu talento como minha assistente. Devia tentar a carreira artística depois que for demitida.

– Por causa do que eu disse na entrevista?

Ele a interrompeu.

– Não banque a esperta, Caitlyn. Principalmente com alguém esperto como eu.

– Esperta? Não entendo.

– Continua representando... – Debochou, como se falasse a uma multidão ausente. – Ei, por que o champanhe, Caitlyn? Vamos lá, pegue as taças...

– Não entendo o que quer dizer.

Lágrimas rolaram de seus olhos, a cabeça girava, mas ele pegou duas taças da estante e abriu a garrafa, a rolha batendo contra a parede. Um soluço escapou-lhe dos lábios.

– O que estamos comemorando? – Lazzaro sorriu, mas o olhar era de ódio. – Sua declaração à imprensa acerca de nós dois? Ou o fato de ter roubado a herança de sua prima?

– Como sabe disso? – Os dentes dela rangiam.

– Eu sempre sei de tudo. Vamos lá, Caitlyn. – Estendeu-lhe a taça. – Pelo menos você não vai precisar usar seu plano B.

– Plano B?

– Sua *prima* – cuspiu a palavra –, aquela que esqueceu de mencionar, aquela que, por coincidência, estava namorando meu irmão quando ele morreu, me fez uma visitinha...

– Por favor, você não a conhece – implorou ela. – Não sabe do que é capaz.

– Ora se sei! Quantas chances eu lhe dei? Quantas vezes tentei ignorar suas mentiras? – A voz era assustadoramente calma. – Tão inocente... – Ele brindou. – Minha inocente virgenzinha, que por acaso toma pílulas.

– São para as minhas manchas.

Estremeceu. Não lhe devia explicações. Não tinha obrigação de lhe dar explicações. Com a mão trêmula, colocou a taça na mesa, derrubando um pouco da bebida. Queria ir embora, mas as pernas não obedeciam.

– Você mente para o banco, mente em seu currículo. Sai tão naturalmente que você nem percebe. Ei, Caitlyn, quando disse a Roxanne que me conquistaria, falava sério? Quando cortou minha foto de uma revista...

O rosto ardia, a humilhação parecia infiltrar-se em sua medula óssea. A sensação era de estar presa num pesadelo em que a boca aberta não consegue emitir qualquer som.

– Quando armou o golpe, achou realmente que sairia vencedora? Que eu não perceberia quem você é? Achou que anunciando ter um caso comigo em rede nacional eu me veria forçado a casar com você? Não entende que só me casaria com uma mulher que eu amasse? E essa mulher jamais foi nem poderia ser você.

– Vou embora. – A voz não passava de mero sussurro, as pernas bambas como gelatina, mas ao menos se moviam.

– Ótimo! – Lazzaro berrou e num minuto se levantara e esbarrou nela ao sair. – Pegue suas coisas e desapareça. Tem cinco minutos para sumir, e não esqueça nada. Você me enoja.

– Eu odeio você! – gritou para ele. Recuperara a voz, e ela exprimia toda sua agonia e sinceridade em cada palavra. – Juro por Deus que adoraria nunca ter me apaixonado por você!

Ela viu os ombros dele se retesarem, os nós dos dedos brancos na maçaneta da porta. Então ele saiu e bateu a porta.

Teria tempo para chorar depois. No momento, sua explosão deixara-a entorpecida, paralisada, muda. Abalada, tremia diante da tarefa à frente. Em seguida, pôs-se em movimento, o coração palpitando, numa estranha espécie de piloto automático, pegando suas coisas: livros, canetas, a maleta permanentemente preparada para uma viagem de última hora... Também havia coisas a devolver. Abriu a bolsa, tirou o cartão de crédito e pensou o que fazer com o telefone. Mas era coisa demais para fazer. Demoraria muito tempo deletando as mensagens e os números armazenados. Alguém poderia se encarregar disso.

– Então, não conseguiu seu objetivo? – Malvolio parou na soleira da porta. Estava muito apática para se chocar ao vê-lo. – Foi expulsa pelo poderoso Ranaldi?

– Seu cunhado é um filho da mãe! – retorquiu. A mente estava em outro lugar. O cérebro hipotérmico, paralisado diante das palavras brutais de Lazzaro, as respostas lentas, o raciocínio funcionando no botão de sobrevivência básica.

– Eu poderia ter-lhe avisado, e poupado dos inconvenientes. – Malvolio se aproximou, sorrindo amigavelmente. – Todos os Ranaldi são filhos da mãe. Ou vadias – acrescentou. – Se acham melhores que todos nós.

Estava indefesa. Não detectava os sinais de perigo, não ouvia o alerta apitar, o cérebro não captava a campainha de alarme.

E, então, de repente, como uma buzina soando em meio à escuridão, ouviu a sirene, e o pânico e o medo a assaltaram. Mas era tarde demais. Sentiu o gosto de uísque na boca, o mau hálito, o sangue nos lábios. Sentiu a raiva, o ódio do homem ao colar o corpo ao seu, e ela sabia, sem sombra de dúvida, o que estava por vir. Tinha consciência de que, por mais que gritasse e se debatesse, o ódio do homem era mais forte. E quando ele a derrubou no chão, rezou para que fosse rápido.

Em breve esse inferno terminaria.

CAPÍTULO 12

Que diabos havia feito?

Andou de um lado para o outro no saguão, a mão tapando a boca, a respiração ofegante. Os funcionários o observavam, perplexos. Apenas Glynn teve coragem de se aproximar.

– Está tudo bem, senhor?

Ele não respondeu; nem sequer escutou. A mente focada em Caitlyn, odiava-se pelo modo como se comportara com ela. Conseguia vê-la em pensamento, imóvel, enquanto ele a humilhava; e por quê?

Por que ela o desejara?

Por que sempre o amara?

Parecia ter recebido uma machadada na cabeça, e odiou-se ainda mais ao se lembrar *da noite* em que se conheceram. Droga, se ele tivesse uma foto *dela*, se *ela* tivesse saído numa revista...

Roxanne era venenosa, distorcia os fatos, deturpava a verdade, e não era Caitlyn.

Assim como ele não era Luca, Roxanne não era Caitlyn.

Caitlyn era doce, confiável.

Era sim!

Ele confiara nela. Pela primeira vez em muito tempo confiara em alguém, na verdade, acreditara em alguém, e isso o aterrorizara.

– Sr. Ranaldi? – O rosto de Glynn apareceu desfocado. – Posso ajudá-lo? – Ele percebeu a preocupação no rosto do gerente. – Malvolio estava procurando o senhor. Eu disse que o senhor estava no escritório. Quer que eu o chame?

– Malvolio!

Saiu correndo, socou o botão do elevador. Caitlyn *dissera* a verdade. Durante todo o tempo dissera a verdade, e isso significava que *ele* a deixara sozinha com o cunhado.

Nunca um elevador demorou tanto a chegar. Ao subir, cada segundo parecia uma hora. Em vão tentou abrir as portas do elevador, frustrado, na pressa de ir em seu socorro, correndo, atravessando a distância e o inferno por ele criados. Chegou a tempo de vê-la ser derrubada no chão.

Arrancando Malvolio de cima dela, atirou-o para longe. Sabia que alguém velava por ele, alguém lá em cima o protegia. Queria socar, esbofetear, acabar com o cunhado com todas as forças de seu ser. Mas, se o fizesse, sabia que o mataria.

Ele o mataria.

Os dedos apertaram o alarme para chamar o segurança, e aquela minúscula pausa foi suficiente para se controlar, vê-la sentar-se no chão, apertando os joelhos, e se conscientizar de ter chegado a tempo. E, então, encarou o filho da mãe, mas Lazzaro não era o único contaminado pela raiva.

Malvolio gritava histericamente, os olhos injetados de fúria.

– Você acha que é o máximo. Sua família inteira se considera melhor que todo mundo. Vocês são manipuladores...

– Cale a boca. – Lazzaro gritou, mas Malvolio não se continha.

– Você desfila por aí como Deus no dia do Juízo Final, nos julgando, nos humilhando. Não era à toa que Luca odiava você!

Os seguranças chegaram, alertados por Glynn. E a sala transformou-se em caos por um tempo, mas por pouco tempo. Lazzaro despachou todo mundo. Caitlyn sentiu-se agradecida, pois nunca mais queria voltar a ver Malvolio. Daria depoimentos e tudo mais depois. Não agora.

Sentada na beira do sofá macio, comprimindo os lábios com um lenço de papel, Caitlyn o viu fechar a porta e se aproximar para consolá-la. Deteve-o com o olhar ao despejar suas palavras.

– Ele tem razão.

– Caitlyn...

– Tudo que Malvolio disse é verdade.

– Por favor...

– Meu único erro foi me apaixonar por você, que transformou algo bonito e puro em motivo para me humilhar.

– Não vamos falar sobre isso agora. – Sua voz normalmente forte não passava de um murmúrio. – Preciso saber se você está bem. Ele a machucou em outro lugar além da boca?

– *Malvolio* não me machucou! – gritou. – Pelo menos não tanto quanto... Você me fez sentir uma vagabunda, uma mulher suja, muito mais do que ele.

– Sinto muito. – Ele tentou segurar-lhe a mão, mas ela a puxou. – Eu ia voltar para pedir desculpas.

– Bem, chegou tarde demais. – Com pernas surpreendentemente firmes, levantou-se. – Perdoei você muitas vezes; juro que nunca mais vou perdoá-lo. Juro que vou odiá-lo para sempre.

AMIGOS ERAM realmente valiosos.

Amigos de verdade. Porque, embora no início fossem apenas colegas, Glynn demonstrara *ser* sua amiga. Atendeu seu chamado sem nada perguntar, segurou-a pela cintura e a conduziu para fora da sala, deixando Lazzaro sozinho. Levou-a para casa, serviu-lhe vinho e chamou a tropa, um exército de amigas que a rodearam como borboletas, seguraram-lhe as mãos nos momentos difíceis e repetiram sem cessar, até ela quase acreditar, que ela não tinha culpa de nada e que, sem dúvida, estaria bem melhor sem ele.

CAPÍTULO 13

Pergunte a sua prima.

Durante o implacável período de luto que acompanha o fim de qualquer romance, quando você barganha consigo mesma e se culpa por erros que não foram cometidos, em que, de tanta solidão, nas noites insones, revive os momentos em sua mente apenas para ouvir a voz dele, repetindo cada conversa numa tentativa inútil de descobrir o motivo do rompimento, Caitlyn acabou descobrindo um.

Ouviu pela primeira vez não apenas a agonia, mas o desprezo na voz dele; sentiu novamente a mão dele afastando a sua quando ela tocou-lhe a ferida e ele reagiu ao gesto dela.

Pergunte a sua prima.

E ela o fez.

Vestiu-se com uma de suas roupas antigas. De pernas trêmulas, como uma convalescente, entrou em um mundo aparentemente barulhento demais, decidida a fazer a pergunta necessária.

Jurara nunca mais voltar para Lazzaro Ranaldi, nunca mais botar os pés no hotel, nunca ficar em um mesmo ambiente que ele enquanto lhe restasse um sopro de vida.

Conversara, bebera e chorara com amigas, lera livros de autoajuda e, relutantemente, aceitou que ele "não fora feito para ela". Fizera tudo que uma jovem deve fazer ao ter o coração estraçalhado, pisoteado: ligara para as amigas em vez de ligar para ele, deletara o número do celular dele, na tentativa de não ceder à tentação de ligar no meio da noite, retirou o nome dele da lista de endereços de *e-mail*. E esperou.

Esperou melhorar.

Acreditar que o tempo tudo cura.

Não haver só um homem no mundo.

Que, obviamente, havia outros.

Milhões e milhões de outros espalhados pelo planeta naquele exato instante...

Mas só havia *ele*.

Só existia um homem capaz de fazer seu coração, literalmente, parar, como constatou ao entrar no bar do hotel e vê-lo sentado. Só um homem por quem seria capaz disso, mesmo que isso demonstrasse coragem ou estupidez... Mas quando ele telefonara e pedira para encontrá-la, ela concordara.

Para encerrar o caso de uma vez por todas!

Tanto para ele quanto para ela.

– Obrigado. – Impossível encará-lo ao ser cumprimentada. Se o fizesse, começaria a chorar. – Obrigado por ter vindo.

– Tudo bem. – Ela insistira em encontrá-lo no bar, incapaz de entrar no escritório dele. – Sinto muito exigir que fosse em um lugar público. Eu simplesmente não conseguiria...

Não conseguia nem falar quanto mais voltar à sala onde tudo acontecera.

– Sei como se sente.

– Acredito que sim. – Deu um sorriso triste, pois ele realmente devia entender. Ele precisava continuar lá, embora ela não soubesse como ele conseguia se sentar naquela sala, onde não apenas Malvolio agira de forma tão torpe, mas onde também brigara com Luca.

Por que se impunha tamanho suplício?

Apesar de não olhá-lo de frente, percebia-lhe o sofrimento. A cicatriz na maçã do rosto vermelha e protuberante, como se os demônios no inferno clamassem por subir à superfície. Não era convencida para acreditar ser ela o motivo, tinha consciência de que o sofrimento era bem mais profundo.

– Como vai Antonia? – Não era esse o motivo de estar ali, ambos sabiam, mas queria notícias dela. Gostava da mulher cuja vida havia sido arrasada.

– Está muito bem. – Lazzaro conseguiu sorrir diante da expressão de surpresa de Caitlyn ao ouvir a resposta. – Sério. O casamento não andava bem, como todos sabíamos. Mas ela também sabia. Não sobre os casos, é claro...

– Casos?

Lazzaro anuiu com a cabeça.

– Parece que quando se esbarra na verdade, se desvenda um monte de mentiras.

– Quem disse isso? – Franziu a testa na tentativa de se lembrar.

– Eu – respondeu com um sorriso tenso. – Muito zen.

Meu Deus, por quê? *Como* ele ainda a conseguia fazer rir? Como, no dia mais sinistro de sua vida, no meio de uma conversa insustentável, quando tudo era difícil, podia, mesmo que por um breve segundo, despertar-lhe o riso?

– Ela realmente está bem – continuou ele. – Acontece que ela já queria terminar há muito tempo, mas não sabia como; achava não ter motivos para colocar um ponto-final no casamento.

– Agora tem.

– Lamenta o que aconteceu e se preocupa com você.

– Ela não me culpa? – Lágrimas que conseguira segurar acabaram por se libertar. Derramou uma grande lágrima e rapidamente a secou... Mas era uma tentativa inútil, pois, quando ele respondeu, quando aquele homem normalmente distante e emocionalmente ausente falou, ela se surpreendeu tanto com a suavidade e a ternura em sua voz quanto com o que ele disse, dilacerando-a.

– Você não tem motivos para se sentir culpada. Nada fez de errado. Antonia sabe, e você também deveria saber.

– Eu sei. – Ela fez que sim com a cabeça, porque agora, ouvindo sua afirmação, tendo conhecimento do que Antonia dissera, ela finalmente se convencera.

– Eu deveria ter levado sua primeira queixa mais a sério...

– Não! – Balançou a cabeça. – Inútil discutir o assunto. Acabou. Alegro-me por Antonia estar bem.

– Está sim. Ela disse... – A voz sumiu, e Caitlyn franziu a testa.

– Disse o quê?

– Não tem importância.

Ah, mas para Caitlyn tinha. Porém, ele sacudiu a cabeça, encerrando esse assunto. O que os conduziu ao próximo. Lazzaro engoliu em seco antes de voltar a falar.

– Eu lhe devo uma explicação.

– Deve?

Um músculo latejava no rosto molhado de suor. Passou a língua nos lábios ressecados. Como não funcionou, tomou sua bebida em um só trago. Ela pressentia a luta que travava, sabia que ele queria simplesmente se levantar e ir embora. Porque ela também se sentia assim: a nuca rígida, os nervos à flor da pele. A qualquer momento podia também ir embora, e não prosseguir com a conversa tão delicada.

Mas Lazzaro nem se levantou nem se foi. Continuou sentado e resolveu enfrentar a situação, obrigando Caitlyn a fazer o mesmo.

– Depois de lhe oferecer o emprego, descobri que você era prima de Roxanne. A partir daquele momento...

– Você esperou que eu revelasse minhas verdadeiras intenções?

Corroído pelo arrependimento, ele meneou a cabeça.

– Não queria gostar de você, sabia que não deveria confiar em você. Entretanto, ocorreu exatamente o contrário. Quando Roxanne apareceu aquele dia e me contou sobre sua batalha judicial, coisa que você nem sequer mencionara...

– O que você teria feito, Lazzaro?

– Eu teria ajudado.

– Pois é. Isso seria uma falsa prova de eu estar usando você. Minha mãe cresceu naquela casa. Fora o período em que me teve, viveu lá a vida inteira. Ela reformou, decorou, mobiliou a casa...

– Não precisa me dar explicações.

– Você me obriga a fazê-lo – declarou ela. – Não se tratava de dinheiro, nem mesmo da casa. Tratava-se do meu lar. Mamãe se dispôs a deixar a casa para mim e para Roxanne em testamento.

– Julguei-a mal.

– Tem razão.

– Julguei-a mal em diversos aspectos. Entende, Roxanne e eu...

A mão apertou o copo e ela desejou, *como* desejou!, esticar a sua e segurar a dele, confortá-lo, consolá-lo de alguma forma, enquanto ele expunha seu miserável passado. Mas não lhe cabia fazê-lo.

Nunca lhe cabia, pois Lazzaro deixara isso bem claro.

Ele se recusava a dar espaço a quem quer que fosse.

– Aconteceu um acidente – começou corajosamente. – Um acidente que não saiu nos jornais. Quando Luca foi a minha sala, eu disse que havia providenciado um centro de reabilitação para interná-lo e que o apoiaria, desde que ele estivesse disposto a tentar se curar. Mas ele não aceitou. – A voz saiu surpreendentemente calma, até mesmo resignada. – Ele simplesmente não admitia ter problemas, mas era evidente para todos. A bebida, o jogo, contraíra muitas dívidas. Eu vivia resolvendo as confusões em que se metia, e não podia continuar assim para sempre...

– Claro que não – Caitlyn disse com voz firme. – Ele precisava admitir antes de obter ajuda... – Mas isso não estava em discussão naquele momento, e ambos sabiam.

– Roxanne apareceu quando ele estava saindo. Ele esbarrou nela e a derrubou. Ela estava chateada, nós dois estávamos. Eu a ajudei a se levantar e ela começou a chorar, então eu a consolei... – Parecia uma declaração de ocorrência em uma delegacia; a voz impassível mesmo ao narrar terríveis eventos, palavras brutais. – Eu disse a ela que sentia muito por Luca sujeitá-la a tudo aquilo.

A garganta de Caitlyn ficou seca e ela ficou grata quando ele pegou uma garrafa d'água e encheu-lhe o copo. Ela quase derrubou a água ao beber um gole, tamanho o tremor de suas mãos.

– Eu comecei a beijá-la, dizendo-lhe que a trataria bem melhor que Luca... A situação fugiu ao controle e então...

– Luca voltou – concluiu para ele.

– Luca nos pegou.

– Foi então que ele bateu em você?

– Ele ficou louco. Disse que eu sempre fora o melhor, o mais velho, o mais inteligente, que eu destruíra sua vida, que lhe tirara tudo que tinha de bom e que agora roubava a mulher que ele amava, que eu sempre o humilhara... – Ele apertou a base do nariz e fechou os olhos com força, ao colocar para fora todo aquele inferno. – Ele disse bem mais do que isso.

– Aposto que sim.

– Depois saiu porta afora e eu fui ao hospital para levar pontos.

Caitlyn observou, lágrimas escorrendo pelo rosto, quando aquele homem tão forte soltou um palavrão e quase desmoronou.

E pela primeira vez ele enfrentou a verdade.

Como se tivesse levado um soco no estômago, exalou fundo, quase se curvou em agonia e relatou a ela. Ou para si mesmo? Porque ele, a rigor, não sabia se contava ou revivia. Naquele instante, não estava sentado com Caitlyn e sim andando de um lado para o outro numa sala de espera do hospital, com uma camada de gaze comprimida no rosto e tão zangado que nem refletia. Queria ir embora o mais rápido possível: levar os pontos e sair em busca de Luca, e dar um jeito nele. Depois, tudo se desvaneceu. Perplexo, viu uma maca entrar na sala. Foi como se visse um espelho. A enfermeira, erroneamente, o julgou com medo, puxou a cortina e a fechou. Mas Lazzaro a abriu e caminhou a passos largos até o setor de emergência, apesar dos protestos da equipe. Os gritos furiosos, indistintos em seus ouvidos, as expressões dos médicos chocados ao olharem o corpo do qual se ocupavam, e vendo a imagem idêntica no intruso. E ele identificara a desdita nos olhos dos médicos ao perceberem que eles eram gêmeos.

– Lamento tanto!

Palavras insignificantes ditas por um médico antes mesmo de Antonia chegar.

Ele nem precisava de anestesia local quando foi suturado, o corpo inteiro entorpecido ao ser posto na maca e a agulha ter entrado e saído de sua carne.

– Sinto muito!

Palavras insignificantes ditas horas depois, quando segurou a mão gelada do irmão, olhou o rosto igual ao seu e se sentiu como se fosse ele.

– Sabia que estava morto assim que o vi... – acrescentou. Caitlyn continuou a ouvir. – Sabia que estava morto, e nada poderia trazê-lo de volta. Tudo terminara antes de Antonia e, depois, minha mãe chegarem.

– Roxanne também? – perguntou.

Ele fez que sim.

– Antonia ligou para ela. Ela ainda não sabia o que havia acontecido.

– Você contou a ela?

– Antonia contou. – Lazzaro exalou um longo suspiro. – Ela ficou histérica. Disse que nós o havíamos matado, que se eu não tivesse a seduzido, que se ele não nos tivesse flagrando... – A pele estava pálida, as olheiras tão escuras que pareciam pintadas. – Ele voltou, Caitlyn. Meu Deus, ele voltou, talvez para aceitar minha ajuda. Talvez, se não estivéssemos...

– Talvez ele tenha esquecido as chaves do carro – retrucou, surpreendendo a si mesma com seu amargor. Mas estava zangada. Zangada com Luca, o "São Luca Ranaldi" em que se transformara, o homem que morto tivera todos os erros e culpas perdoados, esquecidos pelo irmão, pela família. O homem que fora irresponsável com ele mesmo, pouco se importando com a felicidade dos que o amavam. – Talvez ele tenha voltado para pedir algum dinheiro emprestado ou para dizer para você sumir.

– Sumir? – Lazzaro olhou intrigado. Não obstante seu inglês excelente, às vezes ele não entendia bem o significado. Mas não dessa vez, pois Caitlyn não lhe permitiria.

– Poderia dizer de forma bem menos educada, mas acho que você compreende o que eu quis dizer. E como sua família reagiu?

– Mal. Minha mãe ficou histérica, chegou a me esbofetear. – A voz agora totalmente destituída de emoção, imparcial. – Na verdade, ela arrancou alguns dos pontos do meu rosto. Antonia vomitou, disse que me odiaria para sempre, e a Roxanne também. Eu tentei eximi-la de qualquer culpa. – Deu uma risada cínica. – Tem muita gente que me odeia... Não me sentirei solitário no inferno.

– Eu não o odeio, Lazzaro. – Ela o fitou por um segundo, viu o movimento rápido de seus olhos, a sombra de alívio no rosto cansado. – Talvez eu o tenha odiado naquele dia, talvez tenha dito aquilo só para magoá-lo, mas na verdade não o odeio mais.

– Obrigado.

O que fez outra lágrima correr, mas apenas uma. O que tinha a dizer era muito importante para se deixar levar pela emoção.

– Por isso você e Roxanne não continuaram a se ver depois? – continuou, observando cada uma de suas reações. – Por culpa?

– Claro.

– Claro – repetiu Caitlyn em tom seco, observando-o novamente quando ele franziu a testa com a resposta. – Não acredito em você.

– Do que está falando?

E pela primeira vez, desde que se sentara, ela *conseguiu* fitá-lo nos olhos, foi capaz de encarar aquelas piscinas escuras. Pois, diferentemente dele, nada mais tinha a esconder, nada que não pudesse ou não ousasse revelar.

Droga, ela já confessara seu amor, e aceitara a rejeição. Não obstante, era engraçado como prevalecera a dignidade. Ela, Caitlyn Bell, era na verdade incrivelmente forte.

– Você está mentindo.

– Mentindo? – Abriu a boca, incrédulo. – Nunca fui mais honesto com você. *Contei* o que aconteceu e você tem a audácia de ficar aí sentada e me dizer...

– Que você está mentindo – concluiu por ele, praticamente gritando, sem se importar com quem olhava ou ouvia.

– Eu conversei com Roxanne – despejou as palavras. – Procurei a mulher que mais odeio no mundo e *perguntei* o que aconteceu *naquele* dia.

– O que ela disse?

– O mesmo que você.

Ela o viu franzir a testa, percebeu a confusão nos olhos cansados.

– Roxanne é uma mentirosa, nós dois sabemos disso – Caitlyn falou, furiosa, não com ele, mas *por* ele. Não, admitiu, a mente funcionando a mil por hora, furiosa *com* ele também, pela agonia, pela autoflagelação, por tamanha culpa. – E você é um maldito mentiroso, Lazzaro, e continua inventando justificativas para Luca, ainda tentando apagar todos os erros que ele cometeu.

Levantou-se, incapaz de acreditar no que acabara de fazer. Estava indo embora, afastando-se quando talvez ele mais precisasse dela, por estar furiosa, quando talvez ele precisasse de calma. Mas era impossível se controlar. Não conseguia restringir seu sentimento aos melhores parâmetros para a situação.

– Depois de tudo que aconteceu, depois de tudo que sofri *com* você, *por* você, você fica sentado aí, me olha nos olhos e mente para mim. Se, depois disso tudo, ainda pode esconder a parte mais essencial de si mesmo, então... Quer saber do que mais? Eu não quero o resto.

– Caitlyn!

A voz ordenou-lhe que voltasse, que não fosse embora. Mas ela saiu e fez o que supostamente não deveria, olhou para trás, uma única vez, e ficou feliz por ter agido assim. Viu-o sentado como uma estátua, paralisado, imóvel e, por opção, completamente sozinho; por opção, recusando-se a se zangar, recusando-se a ver o irmão como ele realmente era, recusando-se a agarrar-se à vida e seguir adiante. Era todo o incentivo de que precisava para andar mais rápido, para sacudir a cabeça com desprezo e desaparecer dali. Andava tão rápido que praticamente corria.

Ouviu o som dos sapatos no piso de mármore ao andar a passos rápidos pelo saguão, chorando, não de tristeza, mas de raiva, e o ouviu correr atrás dela, e se sentiu compelida a esbofeteá-lo quando ele a agarrou pelo pulso e a obrigou a se virar.

– Como? – Os olhos em chamas, a pergunta um uivo. – Como você sabe?

– Porque conheço você. – Ela enfiou os dedos da mão livre em seu peito. – Sei que você é um filho da mãe insensível e que lhe falta uma certa dose de escrúpulos, mas eu sei que você nunca, jamais, desceria tão baixo.

– Como? – perguntou novamente, não mais lívido, mas perplexo. – Como pode saber?

– Você já sabe que eu o amo... – Lágrimas escorriam-lhe pelo rosto. – O que você sistematicamente se recusou a ver, contudo, é que eu na verdade sou uma boa pessoa, e, por acaso, tenho muito bom gosto... – Conseguiu até mesmo sorrir ao dizer isso, podia sorrir, porque ele também sorriu, ligeiramente. – E tenho meus padrões éticos e confio em mim e não acredito que tenha me apaixonado perdidamente por alguém em quem não possa confiar. Alguém que não faria isso com um amigo, dificilmente faria com o próprio irmão.

– Aqui não... – A voz dele demonstrava urgência ao olhar o saguão, o saguão onde haviam começado aquela batalha e onde provavelmente a terminariam.

Mas ela acabou cedendo. Atendeu ao último pedido e concordou quando ele fez sinal para o elevador. Seguiu-o até o escritório, e, na verdade, não se abalou tanto quanto imaginara. Os problemas de Lazzaro assumiam papel mais importante que os dele.

– Roxanne me agarrou e eu tentei afastá-la – ele disse, tão logo o elevador começou a subir. Parados lado a lado, olhavam a porta. – Eu disse para ela sumir. Estou usando uma expressão educada usada por você. – Então, ela o fitou, e deu um ligeiro sorriso, pois de alguma maneira haviam voltado ao mundo deles. – Ela não me largou. Dizia me desejar. Ela saía também com Malvolio, você sabe.

Ela nem percebeu a porta se abrir, de tão perplexa com a revelação. Foram até a sala do escritório dele.

– Foi assim que ela conheceu Luca?

– Malvolio era seu passaporte para Luca.

– Diferentemente de mim. – Ela deu de ombros. – Fui direto ao alvo principal.

– Nunca mais quero que se compare a ela – disse sério.

– Desde pequena ela era uma menina má. – Revirou os olhos. – Sempre quebrando meus brinquedos, querendo tudo o que eu tinha. Não estou justificando Malvolio. – Caitlyn pensava em voz alta. – Mas agora entende por que ele teve raiva de você, e de mim também.

– Não quero pensar nele – interrompeu-a – Nem mesmo tentar entender a mente doentia dele.

Ela também não queria pensar em Malvolio, ela queria pensar em Lazzaro, tentar finalmente compreendê-lo.

– Por que não contou a sua família o que realmente aconteceu?

– Para humilhar Luca novamente? – Lazzaro sacudiu a cabeça. – Como poderia, com o corpo dele ainda quente, contar que ele não tinha nada? Que a única coisa boa que ele acreditava ter na vida...

– Então você assumiu a culpa – acrescentou ela. – Deixou sua família acreditar que estava dando em cima de Roxanne e não o contrário.

– Luca disse que eu lhe havia tirado tudo, e talvez fosse verdade. Eu simplesmente não podia tirar-lhe aquilo também.

– Luca culpou você porque era isso o que melhor ele sabia fazer. Culpou você, pois era mais fácil do que admitir os próprios erros, a *vida desregrada* que levava. Luca sabia tão bem quanto você o que tinha acontecido – afirmou com firmeza, fazendo que sim com a cabeça enquanto ele fazia que não. – Ele sentiu ciúmes e resolveu jogar a culpa em você, mas sabia exatamente o que acontecera aquele dia. Só não queria enfrentar a realidade, assim como nunca enfrentou nada.

– Você realmente acha que ele sabia?

– Tenho absoluta certeza. – E ela esperou as palavras fazerem efeito, observou-o piscar ao abrir os olhos para a verdade e foi como ver o relógio retroceder, como se um peso enorme, maldito, fosse retirado.

– Ah, Caitlyn...

Ele a abraçava, apertando-a com força, beijando-lhe o rosto, as lágrimas, as mãos por todo seu corpo, e mesmo que ele não a amasse, nunca a amasse, mesmo que devesse afastá-lo, não conseguiria. Preferia que o relacionamento acabasse assim do que como terminara antes, lhe daria isso, porque ela também precisava, necessitava senti-lo mais uma vez.

Sexo desvairado *era* um bálsamo fantástico. As mãos dele retiravam a saia dela, enquanto as dela ainda lhe desabotoavam o cinto. A boca mordia, arranhava seu pescoço. Empurrava-a para o chão, rasgando-lhe as meias, a calcinha, e sua sofreguidão igualava-se à dele. Arriou-lhe a calça, sentindo o bumbum duro, segurando aquela parte linda dele que precisava, queria, adorava, e cujo lugar era dentro dela.

A cada deliciosa investida, ele sussurrava-lhe o nome e, ao mesmo tempo, a beijava, lambia.

Ela o observava, tentando capturar a imagem que guardaria para sempre. Embora o sexo antes fosse ótimo, ele *nunca* se entregara completamente. Mas agora eram como *um só* corpo, uma só pessoa. Ele a preenchia por inteiro, os quadris esbarrando nos dele, o corpo dele numa tensão deliciosa, implorando por satisfação. Nem ela se *entregara*, mas agora estava livre. Ele sabia que ela o amava, não existiam mais segredos.

– Ai, Caitlyn.

Ele murmurava seu nome e ela o dele, até que ela não conseguiu mais, o nome dele entalado na garganta até colocá-lo para fora em um grito, cada músculo de seu corpo retesando-se, as pernas enrodilhadas nele, as coxas apertando-o quando ele despejou seu presente dentro dela e ela o aceitou, ofegante, tonta, mas incrivelmente feliz.

Depois, ficaram deitados, abraçados, olhando o teto, esperando o mundo voltar ao normal.

– Sempre que eu olhar para esta sala, agora, em vez de pensar em... – Ele deu uma gargalhada. Não era engraçado nem triste, apenas melhor.

– Vai se lembrar de mim, então?

– Lembrar-me de você? – Apoiou-se no cotovelo e esquadrinhou-lhe o rosto. E ela não chorou; conseguiu encará-lo e amá-lo simplesmente por amá-lo. – Eu não tenho que me lembrar de você, vou vê-la todos os dias.

– Você não vai me ver todos os dias, Lazzaro. Não vai funcionar.

– Então, o que aconteceu entre nós?

– Sexo. – Fitou-o criticamente. – Sexo fantástico, maravilhoso.

– Não fizemos *sexo*; fizemos amor.

– Para mim, foi sexo. – Deu um sorriso tenso. – A gente sabe que *você* não precisa amar uma mulher para...

– Eu preciso amar uma mulher para fazer amor com ela desse jeito.

Olhou-a de cara fechada.

– Você realmente vai embora, depois disso? – Sacudiu a cabeça confuso. – Sabe, você é mesmo uma menina estranha... – Beijou-lhe a ponta do nariz. – Uma boa menina, mas também muito má.

– No bom sentido? – Tentava se concentrar no que ele acabara de dizer e na taquicardia a partir do momento em que voltara a sonhar com o impossível. – O que você disse sobre amar...?

– Você entendeu.

– Entendi o quê? – perguntou brincalhona, mordendo o lábio superior, com medo de perguntar e de não gostar da resposta, com medo até de ter esperança.

– Que eu amo você.

– Ai.

– Eu amo você – repetiu.

– A mim?

– Isso mesmo, você.

– Repita.

– Eu amo você.

– E o que isso significa?

Ele sorriu para ela, massageando-a com olhos e palavras o ego ferido, e ela se deliciou. Precisava ouvir.

– Que nunca mais quero ficar longe de você.

– E?

– Que quero acordar todos os dias com você. Quero que você me encha o saco, me confunda. Nem mesmo quero conhecer você...

– Isso não faz sentido – interrompeu-o. – O que quer dizer é que *quer* me conhecer...

– Sei exatamente o que digo. Quero passar o resto da vida tentando descobri-la. Adoro que me confunda.

Caitlyn sorriu, fechando os olhos. Agora podia, pois sabia que ao abri-los ele ainda estaria ali.

– Na verdade, me apaixonei por você há muito tempo.

– Quando? – Sorria com os olhos ainda fechados, as palavras como o sol quente em seu rosto. – No hotel? Ou foi em Roma?

– Cale a boca e deixe-me falar.

E ela obedeceu. E ficou muito feliz por obedecer. Caso contrário, jamais teria ouvido a incrível resposta.

– Nas badaladas da meia-noite na primeira noite em que nos conhecemos.

– Não era meia-noite. – Abriu os olhos e o coração para ele. Não conseguia ficar quieta, calada. Era tudo tão maravilhoso, tão incrível, que o amor entre eles sempre tivesse sido real. Então a chama de esperança que carregara no peito tinha explicação.

– Eram 23h50. Eu olhei o relógio. Nos apaixonamos às 23h50.

– Só porque você é mais rápida não significa que eu tenha... Gosto de ir com calma, ficar pensando. – Ele a beijou. Beijou entre as frases, como se ela fosse uma refeição deliciosa, um maravilhoso aperitivo, daqueles que se pega sem pressa, escolhendo o mais saboroso e, depois, pegando mais, sempre que se queria. Era possível começar a refeição com a entrada e terminar com a sobremesa ou simplesmente se empanturrar de camarões graúdos.

– Eu fui ao salão de festas, onde encontrei muitos amigos. Segurava um copo de um bom uísque e uma linda mulher pelo braço. Observei as horas, olhei a porta fechada e desejei estar a seu lado. Tinha tudo que um homem pode desejar, mas não me sentia bem, pois você não estava lá.

– Agora estou – murmurou com ternura.

– E eu também... – Ele cobriu-lhe o rosto com beijos rápidos e ela retribuiu, afastando toda a dor e todo o sofrimento, afastando as sombras horríveis, assustadoras, até só restar a luz. – Estou aqui, no meu lugar.

EPÍLOGO

– Quer que eu diga alguma coisa? – perguntou, quando Lazzaro pediu a conta.

– A comida estava fantástica. Não vamos criar caso.

– Mas sempre que viemos aqui, eles anotam errado os pedidos. Pedi um risoto de cogumelos e eles trouxeram risoto vegetariano.

Lazzaro tirou outra nota e a acrescentou à já generosa gorjeta. Instalados em um dos mais elegantes cafés de Roma, o garçom fizera um excelente serviço, decifrando, sabe Deus como, o quase indecifrável italiano de Caitlyn e identificando palavras como arroz e legumes.

Péssimo.

Mesmo depois de um ano voando entre as duas fantásticas cidades, mesmo depois de ter um filho em Roma, o domínio da língua era sofrível, para dizer o mínimo. Mas falava italiano com tamanha paixão e entusiasmo e com um sorriso tão afetuoso e generoso que ninguém, nem os médicos, nem as enfermeiras, nem os funcionários do hotel e nem mesmo os garçons tinham coragem de lhe dizer a verdade.

– *Che era meraviglioso, grazie.* – Caitlyn exclamou para o surpreso garçom colocando Dante no carrinho e saindo do restaurante.

– Estava tudo maravilhoso, obrigado... – traduziu Lazzaro, revirando os olhos, agradecendo o garçom e seguindo a mulher e o filho.

– Parece que nunca viram um bebê louro. – Caitlyn sorria quando todo mundo olhava.

– Claro. Ele é lindo.

E é a imagem de Caitlyn.

Louro, já levantando a cabecinha, observando o mundo, sorrindo e balbuciando com seis semanas, e se recusando a dormir, era a cópia fiel da mãe. E Lazzaro, como sempre que estava com a mulher, se mostrava totalmente entusiasmado.

– Certo. Hora de procurar um presente. Ainda não entendo como certas pessoas não preparam listas de casamento – disse Lazzaro enquanto perambulavam pelas ruas.

– Nós não preparamos...

– Porque você se recusou. E olha só o monte de bobagens que ganhamos. – Lazzaro olhou mal-humorado para uma galeria. – Ela já se casou, já ganhou tudo que queria da primeira vez... E ganhou tudo que queria no divórcio.

Caitlyn riu.

– Que tal isso? – Apontou para a vitrina de uma galeria de arte moderna.

– Podia ter sido feito por uma criança de 5 anos. Dê um pincel a Dante e o resultado será melhor.

– É divino – suspirou.

– São três círculos dentro de um círculo.

– Antonia, Marianna e Luca, e em volta dos três, cuidando deles, Dario.

– Ainda acho que a festa de casamento devia ser no Ranaldi. – Lazzaro ainda olhava o quadro, tentando entender o que ela vira nele, tentando entender a maneira louca de Caitlyn ver o mundo, tentando aceitar que Antonia se casaria com o filho de seu amigo Alberto. – Eu teria feito melhor.

– Provavelmente. – Deu de ombros. – Mas já estou vendo você perambulando pela cozinha, exigindo tudo do "melhor". – Ficou séria. – Assim você vai poder se divertir. – Ficou séria de repente.

– De qualquer modo, Alberto está adorando organizar a festa. É bom para ele, depois do ano difícil que enfrentou.

– Eu sei – concordou.

– E por falar em casamento... – Um sorriso malicioso brotou em seus lábios, mas duas manchas vermelhas surgiram em seu rosto ao abordar o assunto tabu. – Você acredita que Roxanne e Malvolio nos mandaram um convite de casamento? Acredita que eles nos convidaram?

Continuavam na galeria. Lazzaro ignorava as tentativas efusivas do proprietário de discutir em detalhes a obra de arte que compravam, simplesmente entregando-lhe o cartão de crédito e informando o local de entrega.

– Eles se merecem! – sibilou Lazzaro ao saírem.

– Bem, agora têm um ao outro. – Caitlyn riu. – Graças em parte a mim. Contei a você que fiz uma bruxaria?

– Uma bruxaria? – Lazzaro franziu a testa. Empurrava o carrinho pelas escadas, Caitlyn ao lado. Dessa vez não estava fingindo não entender, sinceramente não entendia.

– Enrolei o nome dela em volta de um pedaço de alho e o enfiei no congelador. Ela está colhendo o que plantou!

– Está dizendo que fez um feitiço?

– Um pequenininho. – Caitlyn demonstrou com os lábios. – Os desejos se tornam realidade, você sabe.

– Então faça um.

Tinham voltado à Fontana de Trevi e Lazzaro mexia no bolso procurando uma moeda. Mas Caitlyn não precisava desperdiçar um desejo; não precisava acreditar no poder de uma moeda, ou de uma estrela, ou recortar uma foto de uma revista, pois sabia que eles voltariam outras vezes, e viveriam juntos para sempre.

– Vamos – estimulou-a, segurando uma moeda.

Caitlyn sacudiu a cabeça.

– Todos os meus desejos foram satisfeitos. Que tal você?

– Falta um... – Ele atirou a moeda na fonte e a puxou contra si como só ele sabia fazer. – Uma menina.

– Uma menina?

– Ou um menino. – Deu de ombros.

– Quero que seja uma cópia *sua*, dessa vez.

– Prefiro que seja uma cópia *sua*.

– Tanto faz. – Lazzaro gargalhou, como fazia sempre ultimamente. – Vamos para casa providenciar outro bebê.

HARLEQUIN
Paixão
AUDÁCIA

PRÓXIMO LANÇAMENTO

COMO TOCAR UM SHEIK

Olivia Gates

Amjad libertou-se das mãos de Maram e afastou-se de seu abraço.

Antes que ela pudesse protestar, começou a rondá-la, como um predador tentando decidir onde fincaria primeiro as presas na caça que implorava para ser abatida. Então parou. E se aproximou por trás. Ela sentiu o corpo dele se apertar em suas costas conforme inclinava-se, impondo a força e a virilidade sobre ela.

Então seus lábios tocaram o ouvido dela, e a acariciou à medida que abria a boca, o contato sutil enviando ondas de choque em resposta.

– Se quiser tudo de mim, já o tem.

Aquele estímulo a atravessou e vazou de seus lábios num choro agudo, conforme ela se virava.

Antes que pudesse arrasta-lo para o beijo que tanto desejava, as mãos de seu carrasco em seus ombros a impediram.

– Sob uma condição.

– Qualquer coisa.

– Novamente você dá carta branca para condições que desconhece.

– E novamente eu digo: aceito qualquer coisa por você.

– Quando ele não cedeu, Maram parou, bufando. – Diga as suas condições. E logo.

Uma apreciação letal de sua súplica imperativa se espalhou pelos lábios dele.

– Diga exatamente como você quer... tudo o que eu tenho.

Ela estremeceu.

– Já lhe disse.

– Você me disse um monte de eufemismos. Quero coisas específicas.

Pôs suas mãos suplicantes nas dele.

– Quero cada centímetro de você. Sobre mim, ao meu redor, dentro de mim. Quero ter todas as liberdades com você, cada intimidade. Quero que compartilhemos qualquer coisa que nos leve além do que conhecemos sobre nós mesmos e nossos limites. Quero sua ternura, sua impaciência e ferocidade.

Quero toda a amplitude e a força de seus humores, de sua paixão e possessão. Vou me esbaldar nisso, assim como venho me esbaldando a cada segundo com você.

As mãos de Amjad seguravam os ombros dela com mais força a cada palavra. Finalmente cerraram-se, assim como os seus olhos, acelerando o derretimento dela.

No momento em que achou que a puxaria contra si, afastou-a.

Encarou-o enquanto ele caminhou até o outro lado da cama e apoiou um joelho sobre ela.

Então, movendo-se deliberadamente devagar, como se enfatizasse a seriedade daquela ação, desenhou uma linha imaginária dividindo a cama longitudinalmente, como se cortasse a realidade.

– Cruze a linha, e não haverá volta. Terá tudo de mim. E eu de você.

Pensamentos se acumularam com tanta força, tão quentes, que dizimaram sua coerência.

Ele plantou os pés na cama, inclinando-se quase sobre a linha.

– É melhor se afastar agora, antes que seja tarde demais.

Ela suspirou e sorriu.

– Você inverteu as coisas. É o príncipe abandonado.

– Serei o príncipe devorador se você não for embora.

– Ele deslizou a mão pelo peito e o abdome esculpidos e parou na cintura de suas calças, muito baixas, como se demonstrasse a extensão do que ela teria se ficasse. Seus olhos a encaravam sensual e ameaçadoramente. – Então, o que vai ser?

Ela colocou um joelho sobre a cama.

– Estamos falando de... coisas picantes?

Amjad mimetizou aquele movimento.

– E se estivermos?

O outro joelho de Maram seguiu, lutando para não voar por cima da cama e derrubá-lo.

A cada semana, um tipo diferente de Paixão para você!!!

SEMANA 1

HARLEQUIN Paixão

SEMANA 2

HARLEQUIN Paixão ARDENTE

SEMANA 3

HARLEQUIN Paixão GLAMOUR

SEMANA 4

HARLEQUIN Paixão AUDÁCIA

Visite o site:

www.harlequinbooks.com.br

Lançamentos do mês:

PAIXÃO 486 – FALSAS APOSTAS – MAYA BLAKE

Arabella Daniels preferia pular de paraquedas sem roupas do que aceitar a proposta ultrajante de Draco Angelis. Porém, para salvar a pele de seu pai, ela terá de se submeter a todas as vontades desse poderoso magnata.

PAIXÃO ARDENTE 18 – AMOR POR CONVENIÊNCIA – ABBY GREEN

Minissérie – *Casamentos Milionários 1/4*

A reputação de Ben Carter foi arruinada pela imprensa. E só há uma maneira de virar esse jogo: casando-se com Julianna Ford, filha de seu inimigo.

PAIXÃO AUDÁCIA 18 – COMO TOCAR UM SHEIK – OLIVIA GATES

Minissérie – *O orgulho de Zohayd 3/3*

O teimoso príncipe Amjad e a obstinada princesa Maram deveriam ser inimigos. Porém, nenhum dos dois estava pronto para o desejo que surge quando ficam ilhados por uma tempestade de areia… nem para as consequências desse encontro.

PAIXÃO ESPECIAL 6 – OS LENDÁRIOS IRMÃOS CONTI – TARA PAMMI

O santo e a sedutora

Depois de quase perder a vida, Alex Sharpe criou coragem para contar a Leandro Conti sobre a filha que tiveram, mas não esperava que ele fosse exigir que ela se tornasse sua esposa.

O diabólico e a inocente

Sophia Rossi sabe que a única forma de salvar o império de seu pai é pedindo ajuda para Lucas Conti. No passado, ele partiu o seu coração, mas Sophia jura que agora será diferente… Mesmo que apenas um olhar dele faça seu corpo tremer de prazer.

Próximos lançamentos:

PAIXÃO 487 – FUTURO ROUBADO – LYNNE GRAHAM

Jemima Barber teve que mentir ser mãe de seu sobrinho para não ser afastada dele. Contudo, seu segredo não ficaria guardado por muito tempo. Afinal, o pai do menino, o poderoso Luciano Vitale, acabou de pedi-la em casamento.

PAIXÃO ARDENTE 19 – UMA NOITE POR CONVENIÊNCIA – RACHAEL THOMAS

Minissérie – *Casamentos Milionários 2/4*

Ao descobrir que a noite de paixão que teve com a estonteante Piper Riley resultou em uma gravidez inesperada, Dante encontrou a oportunidade perfeita para restaurar sua reputação… transformando-a em sua esposa!

PAIXÃO GLAMOUR 19 – O CHAMADO DO DESEJO – JULIA JAMES

Por mais que estivesse desesperada, Ann ficou ultrajada quando Nikos Theakis ofereceu dinheiro para que ela abrisse mão da guarda de seu sobrinho. Agora, ele tem uma proposta ainda mais audaciosa em mente: levá-la ao altar!

PAIXÃO AUDÁCIA 19 – A REDENÇÃO DO SHEIK – OLIVIA GATES

Minissérie – *Cavaleiros do Deserto 1/3*

Dominar reinos em guerra é a especialidade do príncipe Haidar. Ainda assim, seu maior desafio será reconquistar sua ex-amante, a bela Roxanne.